新版　竹取物語

一　かぐや姫の生ひ立ち

一今は昔、竹取の翁《おきな》といふ者ありけり。野山にまじりて竹を取りつつ、よろづの事につかひけり。名をば二讃岐《さぬき》の造《みやつこ》となむいひける三。その竹の中に、もと光る竹なむ一筋《ひとすぢ》ありける。あやしがりて、寄りて見るに、筒《つつ》の中光りたり。それを見れば、四三寸ばかりなる人、いとうつくしうて五居《ゐ》たり。翁いふやう、「われ朝ごと夕ごとに見る竹の中におはするにて知りぬ。六子になり給《たま》ふべき人なめり七」とて、手にうち入れて、家へ持ちて来《き》ぬ。妻の八嫗《おうな》にあづけて養はす。うつくしき事かぎりなし。いと幼ければ、籠《こ》に入れて養ふ。

竹取の翁、竹を取るに、この子を見つけて後《のち》に九竹取るに、節《ふし》を隔《へだ》てて、一〇よごとに、黄金《こがね》ある竹を見つくること重なりぬ。かくて、翁やうやう豊かになりゆく。

一　物語発端の表現。〔補注1〕
二　底本「さるき」。竹取の翁の姓。〔補注2〕
三　底本「けり」。上に「なむ」があるので改めた。〔補注3〕
四　一寸は約三センチ。〔補注4〕
五　下にくる用言（「居る」）の状態を示す助詞。……のありさまで。
六　「子」と竹から作る「籠（こ）」とをかけた。〔補注5〕
七　「なるめり」の音便形「なンめり」の撥音無表記。
八　底本「めの女」。「女」の仮名遣いは「をみな・をうな・をんな」、「嫗」は「おみな・おうな」で別語だが、表記を混同する例は多い。翁に対する嫗で「おうな」。以下同じ。
九　上の「竹を取るに」と重複して、口語りの調子を生かす。
一〇　「よ」は竹の節と節とのあいだの部分。

この[一]児《ちご》、養ふほどに、すくすくと大きになりまさる。[二]三月《つき》ばかりになるほどに、よき程なる人になりぬれば、[三]髪上《かみあ》げなど[四]さうして、髪上げさせ、[五]裳《も》着《き》す。[六]帳《ちやう》の内よりも出《い》ださず、いつき養ふ。この児の容貌《かたち》の[七]けうらなること世になく、屋《や》の内は暗き所なく、光満ちたり。翁《おきな》、心地《ここち》あしく苦しき時も、この子を見れば、苦しき事もやみぬ。腹立たしきことも慰みけり。

翁、竹を取ること久しくなりぬ。勢ひ猛《まう》の者になりにけり。この子いと大きになりぬれば、名を、[八]御室戸《みむろと》斎部《いむべ》の秋《あき》田《た》を呼びて、つけさす。秋田、なよ竹のかぐや姫とつけつ。このほど三日、[九]うちあげ遊ぶ。よろづの遊びをぞしける。男はうけきらはず[一〇]呼び集《つど》へて、いとかしこく遊ぶ。

一 底本「児」の表記四行目と合せて二例のみ。他一五例は「子」、他本の「ちこ」などから「ちご」と読む。
二 三か月ほどで成人する、異常成長を語る説話の類型。「三寸」「三月」「三日」の「三」は説話に固有の神聖数。
三 女子の成人式。肩のあたりで切り放った童女の髪を頭上に結い上げて末を後ろに垂らす。
四 「相して」で、よい日を占い定める意。一説に、「左右して」で、あれこれと手配する意。
五 「裳」は、女子が正装の折、表着(うわぎ)の後腰に裾を長く扇状に引くように着用した衣。〔補注6〕
六 室内に、場所を限って囲う垂れぎぬ。
七 底本「けそう」。〔補注7〕
八 「御室戸」は一説に宇治市の地名、「斎部」は祭祀を司る氏族、「秋田」は名。

二　貴公子たちの求婚

[一一]世界の男《をのこ》、貴《あて》なるも賤《いや》しきも、いかでこのかぐや姫を得[一二]てしかな、[一三]見てしかなと、音に聞きめでて惑《まど》ふ。そのあたりの垣《かき》にも、家の門《と》にも、[一四]をる人だにたはやすく見るまじきものを、夜《よる》は安き寝《い》もねず、闇《やみ》の夜《よ》に出でても、穴《あな》をくじり、[一五]垣間見《かいまみ》、惑《まど》ひあへり。さる時よりなむ、[一六]「よばひ」とは言ひける。

人の物ともせぬ所に惑ひ歩《あり》けども、なにの験《しるし》あるべくも見えず。家の人どもに物をだに言はむとて、言ひかくれども、事ともせず。あたりを離れぬ[一七]君達《きんだち》、夜《よ》を明かし、日を暮らす、多かり。おろかなる人は、「用なき歩《あり》きは、よしなかりけり」とて、来《こ》ずなりにけり。

その中に、なほ言ひけるは、色好みといはるるかぎり五

九「うちあげ」は、手や楽器を打ち鳴らす、また、宴会をする意。約して「うたげ」という。
一〇 底本「よひほとへて」。島原本などで改めた。
一一「世界」は仏典から出た語。過去・現在・未来を世といい、東西南北上下を界という。転じて、世の中。
一二 願望を表す終助詞「てしか」に詠嘆の終助詞「な」の付いた語。……たいものだ。
一三「見る」は、妻とする意。
一四「をる人だに……闇の夜に出でても」は挿入句。
一五 底本「かひま見」。「垣間見」は宛字。「かい」は「かき」のイ音便。物のすきまからそっとのぞき見ること。
一六 求婚の意の「呼ばひ」に「夜這ひ」をかけた洒落。
一七 上流貴族の子息たち。

人、思ひやむ時なく、夜昼来たりけり。その名ども、[一]石《いし》作《つくり》の皇子《みこ》・[二]庫持《くらもち》の皇子・[三]右大臣阿部御主人《あべのみうし》・大納言《だいなごん》大伴御《おほとものみ》行《ゆき》・中納言[四]石上麻呂足《いそのかみのまろたり》、この人々なりけり。世の中に多かる人をだに、少しも容貌《かたち》よしと聞きては、見まほしうする人どもなりければ、かぐや姫を見まほしうて、物も食はず思ひつつ、かの家に行きて、[五]たたずみ歩《あり》きけれど、甲斐《かひ》あるべくもあらず。文《ふみ》を書きてやれども、返事《かへりこと》もせず。わび歌など書きておこすれども、甲斐なしと思へど、霜月《しもつき》・師走《しはす》の降り凍《こほ》り、[六]水無月《みなつき》の照りはたたくにも、障《さは》らず来たり。

この人々、ある時は、竹取を呼び出《い》でて、「娘を、われに賜《た》べ」と、伏し拝み、手をすりのたまへど、「おのが生《な》さぬ子なれば、心にも従はずなむある」と言ひて、月日過ぐす。かかれば、この人々、家に帰りて、物を思ひ、祈りをし、願《ぐわん》を立つ。思ひやむべくもあらず。さりとも、つひ

一　『考』の説で、「石作の皇子」は丹比島（たじひのしま）、「庫持の皇子」は藤原不比等（ふひと）、「石上麻呂足」は石上麻呂で、「阿部御主人」と「大伴御行」は実名で、持統朝から文武朝にかけて活躍した人物になぞらえたとする。

二　前記の『考』で考証した「車持」は不適。『集成』による宛字を採る。

三　底本「左大臣あへのみむらし」。諸本の表記、および諸説により改めた。

四　底本「いそのかみのもろたり」。諸本により改めた。

五　「たたずみ」は立ちどまる、の意から、「ありき」は動きまわる、あちこち動きまわっては立ちどまる意。

六　日が照りつけ雷鳴がとどろく。

七　「見え」は、相手から見られる意。

に男婚《あ》はせざらむやはと思ひて、頼みをかけたり。あながちに心ざしを[七]見え歩《あり》く。

これを見つけて、翁《おきな》、かぐや姫に言ふやう、「[八]わが子の仏《ほとけ》、[九]変化《へんげ》の人と申しながら、ここら大きさまで養《やしな》ひ奉《たてまつ》る心ざし、おろかならず。翁の申さむこと、[一〇]聞き給ひてむや」と言へば、かぐや姫、「何事をか、のたまはむことは、承《うけたまは》らざらむ。変化の者にて侍《はべ》りけむ身とも知らず、親とこそ思ひ奉れ」と言ふ。翁、「嬉《うれ》しくものたまふものかな」と言ふ。「翁、[一一]年七十に余りぬ。今日《けふ》とも明日《あす》とも知らず。この世の人は、男は女に婚《あ》ふことをす。女は男に婚ふことをす。その後なむ、門《かど》ひろくもなり侍る。いかでか、さることなくてはおはせむ」。かぐや姫のいはく、「[一二]なんでふ、さることかし侍らむ」と言へば、「変化の人といふとも、女の身持ち給へり。翁のあらむかぎりは、かうても[一三]いますがりなむかし。この人々の、年月を経て、かうのみいまし

八　仏は自分が深く信じ大切にする対象の意から、大事に思う相手に呼びかける。通例「あが仏」(五二頁)だが、ここは特に「わが子」の意を強調した表現。
九　仏教語。神仏などが仮に人間の姿となってこの世に現れるもの。化生(けしよう)。
一〇　「聞き給はむや」を強めた表現。「む」は相手の動作に付いて、勧誘や催促または軽い命令の意を表す。
一一　後文に「今年は五十ばかりなりけれども」(五五頁)とあり矛盾しているが、ここは老いを強調する会話文。後文は悲嘆のため年齢より老いて見えたことを説明する地の文で、表現意識のちがいを読むべきである。
一二　「なにといふ」の転。副詞的に用いて、どうして(反語)の意。〔補注8〕
一三　「いますがり」は「あり」の尊敬語。

つつのたまふ事を、思ひ定めて、[一]一人一人に婚《あ》ひ奉り給ひね」と言へば、かぐや姫いはく、「よくもあらぬ容貌《かたち》[二]を、深き心も知らで、あだ心つきなば、のち悔《くや》しき事もあるべきを、と思ふばかりなり。世のかしこき人なりとも、[三]深き心ざしを知らでは、婚ひがたしとなむ思ふ」と言ふ。

翁《おきな》いはく、「思ひのごとくものたまふかな。そもそも、いかやうなる心ざしあらむ人にか、婚はむと思《おぼ》す。かばかり心ざしおろかならぬ人々にこそ[四]あめれ」。かぐや姫のいはく、「何ばかりの深きをか見むと言はむ。いささかの事なり。人の心ざし[五]等《ひと》しかんなり。いかでか、中に[六]劣《おと》り優《まさ》りは知らむ。五人の中に、ゆかしき物を見せ給へらむに、御心ざし優りたりとて、仕《つか》うまつらむと、そのおはすらむ人々に申し給へ」と言ふ。「よき事なり」と承《う》けつ。

一　「一人」を強めた表現。何人かいるうちの一人、の意。「一人一人に婚（あ）ひなば、いま一人が思ひは絶えなむ」（『大和物語』一四七段）。

二　「を」は格助詞で下文の「知らで」に続く。

三　結婚拒否の理由づけに、変化（へんげ）の者である姫が、その本性によらず、人間としての女性の立場から発言している。「夫を択（えら）ばむには意（こころ）を看（み）よ、人を看ることなかれ」（紀長谷雄『貧女吟』）。

四　「あンめれ」の撥音無表記。断定してもよい事柄を和らげて述べながらも、言いさして相手の判断を求める表現。……のようだが（どうなのか）の意。

五　「等しかり」に伝聞・推定の助動詞「なり」が付いて音便化したもの。翁らの話によって判断すれば、みな同じようだの意。

三　五つの難題――仏の御石の鉢

日暮るるほど、例の集まりぬ。あるいは笛を吹き、あるいは歌をうたひ、あるいは[七]唱歌《しやうが》をし、あるいは[八]うそを吹き、扇《あふぎ》を鳴らしなどするに、翁《おきな》、出《い》でていはく、「かたじけなく、きたなげなる所に、年月を経てものし給ふこと、極まりたるかしこまり」と申す。「『翁の命《いのち》、今日明日とも知らぬを、かくのたまふ君達《きんだち》にも、よく思ひ定めて仕《つか》うまつれ』と[九]申せば、『ことわりなり。いづれも劣《おと》り優《まさ》りおはしまさねば、御心ざしのほどは[一〇]見ゆべし。仕うまつらむことは、それになむ定むべき』と言へば、これよき事なり。人の恨《うら》みもあるまじ」と言ふ。五人の人々も、「よき事なり」と言へば、翁、入《い》りて言ふ。

かぐや姫、「石作《いしつくり》の皇子《みこ》には、[一一]仏の御石《みいし》の鉢《はち》といふ物あ

六　仮想の助動詞の連体形。下に「方、人」などを補う。下の「おはすらむ人々」の「む」も同じ。
七　笛や琴の譜の旋律を口でうたうこと。
八　「うそ」は、口をすぼめて声や音を出すこと。口笛。
九　底本「申も」。『全集』の説により改めた。ただし、「者」の草体が「裳」の草体に誤ったと見る。
一〇　翁のことばに「よく思ひ定めて」とある意を受けて解する。古本は「御心ざし……」の上に「定めがたし。ゆかしく思ひ侍るものの侍るを見せ給はむに」とあり『解』は脱文説を立てるが採らない。解説一五六頁参照。
一一　釈迦が成道した時、四天王が石の鉢を奉ると重ねて一つの鉢にしたと伝える（『河社』）。また光沢があり（『高僧法顕伝』）、色は青紺で光る（『水経注』）ともいう。

り。それを取りて賜《たま》へ」と言ふ。「庫持《くらもち》の皇子《みこ》には、東《ひんがし》の海に[一]蓬萊《ほうらい》といふ山あるなり。それに銀《しろかね》を根とし、黄金《こがね》を茎《くき》とし、白き珠《たま》を実《み》として立てる木あり。それ一枝、折りて賜はらむ」と言ふ。「[二]いま一人には、唐土《もろこし》にある[三]火鼠《ひねずみ》の皮《かは》衣《ぎぬ》を賜へ。大伴《おほとも》の大納言《だいなごん》には、[四]竜《たつ》の頸《くび》に[五]五色に光る珠あり。それを取りて賜へ。石上《いそのかみ》の中納言には、燕《つばくらめ》の持《も》たる子安《こやす》の貝《かひ》、取りて賜へ」と言ふ。翁、「難《かた》きことにこそ[六]あなれ。この国にある物にもあらず。かく難きことをば、いかに申さむ」と言ふ。[七]かぐや姫、「何か難からむ」と言へば、翁、[八]「とまれかくまれ、申さむ」とて、出《い》でて、「かくなむ。聞こゆるやうに[九]見せ給へ」と言へば、皇子《みこ》たち・上達部《かんだちべ》聞きて、「おいらかに、『[一〇]あたりよりだに、な[一一]歩《あり》きそ』とやはのたまはぬ」と言ひて、倦《う》んじて、みな帰りぬ。

なほ、この女見では世にあるまじき心地《ここち》のしければ、[一二]天竺《てんぢく》にある物も持《も》て来《こ》ぬものかは、と思ひめぐらして、石《いし》

一 中国の伝説で、東海にある仙境。
二 阿部御主人をさす。「いま一人」の言い方は、一説に、説話の原型では求婚者が三人であった痕跡とする。
三 火鼠の毛で織った衣。火に焼いても燃えないという（『和名抄』）。
四 九重の淵に住む竜のあごに非常に高価な珠があるという（『荘子』雑篇）。
五 青・黄・赤・白・黒の五色。
六 「あンなれ」の撥音無表記。
七 底本「かく姫」。諸本により改めた。
八 「ともあれ、かくもあれ」の約。
九 底本「見給へ」。諸本により改めた。
一〇 動作の行われる場所や移動・経過する場所を示す助詞。……を通って。
一一 「な……そ」は、間に動詞

作《つくり》の皇子《みこ》は、心[一三]の支度《したく》ある人にて、天竺に二つとなき鉢《はち》を、百千万里のほど行《い》きたりとも、いかでか取るべきと思ひて、かぐや姫のもとには、「今日なむ、天竺へ石の鉢取りにまかる」と聞かせて、三年ばかり、大和《やまと》の国[一四]十市《とをち》の郡《こほり》にある山寺に、[一五]賓頭盧《びんづる》の前なる鉢の、ひた黒《ぐろ》に墨《すみ》つきたるを取りて、錦《にしき》の袋に入れて、[一六]作り花の枝につけて、かぐや姫の家に持《も》て来て見せければ、かぐや姫あやしがりて見れば、鉢の中に文《ふみ》あり。ひろげて見れば、

海山《うみやま》の道に心を尽《つ》くし果て[一七]ないしの鉢の涙流れき

かぐや姫、光やあると見るに、螢《ほたる》ばかりの光だになし。

置く露の光をだにも宿《やど》さまし[一八]小《を》倉《ぐら》の山にて何もとめけむ

とて、返し出《い》だす。鉢を門《かど》に捨てて、この歌の返しをす。

[一九]白山《しらやま》にあへば光の失《う》するかと[二〇]鉢を捨てても頼まるるかな

の連用形をはさんで、柔らかく穏やかに禁止する意を表す。どうか……することはやめてくれ。
一二　インドの古称。
一三　「支度」は準備・用意の意。「心の支度」で、将来を図る心構え。一説に勘定高い意。
一四　現在の奈良県桜井市のあたり。
一五　釈迦の弟子、十六羅漢（らかん）の第一尊者。〔補注9〕
一六　貴人に物を贈る時、季節の草木や造花の枝につけた。
一七　「ないし」は「泣きし」の音便形に「石」をかけ、「はち」は「鉢」に「血」をかける。下句に三つの「な」の頭韻がある。
一八　多武峰（とうのみね）村大字倉橋の上方にある倉橋山の峰の名。「小倉」に「小暗」をかける。
一九　加賀国の歌枕。小暗い小倉山に対していう。姫の容貌の白く光り輝くのにたとえた。
二〇　「鉢を捨て」に「恥を捨て」をかける。

と詠《よ》みて入れたり。かぐや姫、返しもせずなりぬ。耳にも聞き入れざりければ、[一]言ひかかづらひて帰りぬ。かの鉢《はち》を捨てて、また言ひけるよりぞ、[二]面《おも》なきことをば、「[三]はぢをすつ」とは言ひける。

四　蓬萊の珠の枝

庫持《くらもち》の皇子《みこ》は、[四]心たばかりある人にて、朝廷《おほやけ》には、「[五]筑紫《つくし》の国に[六]湯浴《ゆあ》みにまからむ」とて、暇《いとま》申して、かぐや姫の家には、「珠《たま》の枝取りになむまかる」と言はせて、下《くだ》り給ふに、仕《つか》うまつるべき人々、みな[七]難波《なには》まで御送りしける。皇子、「いと忍びて」とのたまはせて、人もあまた率《ゐ》ておはしまさず。近う仕うまつるかぎりして出《い》で給ひ、御送りの人々、[八]見奉《たてまつ》り送りて帰りぬ。おはしましぬと人には[九]見え給ひて、三日ばかりありて、漕《こ》ぎ帰り給ひぬ。

一　口に出して関わる、の意から、あれこれ言いまつわる。「て」は逆接。
二　「面なし」はもと、面目ない、恥ずかしい、の意。転じて、恥を知らない、厚かましい。
三　底本「すつる」。諸本により改めた。
四　心が「たばかり」ある人、の意。「たばかり」は計略をめぐらすこと。下文に、「いとかしこくたばかりて」とある。
五　筑前・筑後両国の称。転じて、九州全体の称。
六　温泉に入って病気の治療をすること。
七　現在の大阪市を中心とする一帯。古くから港として開けていた。ここから船出する。
八　「見送る」の謙譲語。
九　「見え」は人から見られる意。
一〇　底本「ひとつの」。ここは第一の、最高の、の意なのでかねて、事みな仰《おほ》せたりければ、その時、[一〇]一《いち》の宝なりける鍛冶《かぢ》工匠《たくみ》六人を召し取りて、たはやすく人寄り来《く》まじき家を造りて、竈《かまど》を三重《みへ》にしこめて、[一一]工匠らを入れ給ひつつ、皇子も同じ所に籠《こも》り給ひて、知らせ給ひたるかぎり十六所《そ》を、[一二]かみにくどをあけて、珠の枝を作り給ふ。

かぐや姫のたまふやうに違《たが》はず作り出《い》でつ。いとかしこくたばかりて、難波《なには》にみそかに持《も》て出でぬ。「船に乗りて帰り来にけり」と殿《との》に告げやりて、いといたく苦しがりたるさまして居《ゐ》給へり。迎へに人多く参りたり。珠の枝をば[一三]長櫃《ながひつ》に入れて、物おほひて持ちて参る。いつか聞きけむ、「庫持《くらもち》の皇子《みこ》は、[一四]優曇華《うどんぐゑ》の花持ちて、上《のぼ》り給へり」とののしりけり。これをかぐや姫聞きて、われは、この皇子に負けぬべしと、胸つぶれて思ひけり。

かかるほどに、門《かど》を叩《たた》きて、「庫持の皇子おはしたり」と告ぐ。「旅の御姿ながらおはしたり」と言へば、会ひ奉《たてまつ》

「一の」と記したものを誤読したとする説により改めた。島原本「一の」。

一一　底本「たくら」。諸本により改めた。

一二　古来難解の箇所。異文も多く、解釈も多岐に分れる。正解が得られるまで、かりに「上(かみ)に竈埃(くど)を開けて」の説による。「くど」は、かまどの後ろにある煙出しの穴(『新撰字鏡』『和名抄』など)。

一三　蓋(ふた)のついた長方形の箱。衣類などを収納・運搬するのに用いる。

一四　「優曇」は梵語の音訳。祥瑞(しょうずい)の意。仏典に、三千年に一度花が咲き、金輪王(こんりんおう)が出現すると伝える。一説には、想像上の花ではなく、インド地方に産する桑科の高木とする。〔補注10〕

る。皇子《みこ》のたまはく、「命を捨てて、かの珠《たま》の枝持ちて来たる」とて、「かぐや姫に見せ奉《たてまつ》り給へ」と言へば、翁《おきな》、持ちて入《い》りたり。この珠の枝に、文《ふみ》ぞつけたりける。

いたづらに身はなしつとも珠の枝《え》を手折《たを》らでさらに帰らざらまし

一これをも、二あはれとも見でをるに、竹取の翁、走り入りていはく、「この皇子に申し給ひし蓬萊《ほうらい》の珠の枝を、一つの所あやまたず、持《も》ておはしませり。何をもちて、とかく申すべき。旅の御姿ながら、わが御家へも寄り給はずしておはしましたり。はや、この皇子に婚《あ》ひ仕《つか》うまつり給へ」と言ふに、物も言はず、三頬杖《つらつゑ》をつきて、いみじく嘆かしげに思ひたり。

この皇子、「今さへ、何かと言ふべからず」と言ふままに、縁《えん》に四這《は》ひ上《のぼ》り給ひぬ。翁、ことわりに思ふ。「この国に見えぬ珠の枝なり。この度《たび》は、いかでか辞《いな》び申さむ。人

一「これ」は「いたづらに」の歌。珠の枝に加えてこの歌をも、の意。

二「あはれとも見て」と読んで、感深くも思って、と解する説もあるが、下文に「取り難き物を、かくあさましく持て来たることをねたく思ひ」とあり、また五人の求婚者に対しては、石上中納言の絶命をも「少しあはれ」と思う程度で非情さが一貫しているため、「見て」説は採らない。

三 肘（ひじ）を立て、手のひらで頬を支えること。見つめたり、思案したりする時の動作。

四 身をかがめてあがる意。

ざまもよき人におはす」など言ひ居《ゐ》たり。かぐや姫の言ふやう、「親ののたまふことを、ひたぶるに辞び申さむことのいとほしさに」と、五取り難《がた》き物を、かくあさましく持て来たることをねたく思ひ、翁は、六閨《ねや》のうち、しつらひなどす。

翁、皇子に申すやう、「いかなる所にか、この木はさぶらひけむ。あやしく麗《うるは》しく、めでたきものにも七」と申す。皇子、答へてのたまはく、「八一昨々年《さをととし》の如月《きさらぎ》の十日ごろに、難波《なには》より船に乗りて、海の中に出《い》でて、行《い》かむ方《かた》も知らずおぼえしかど、思ふこと成らで世の中に生きて何かせむと思ひしかば、ただ空《むな》しき風にまかせて歩《あり》く。命死なばいかがはせむ。生きてあらむかぎり、かく歩きて、蓬萊といふらむ山にあふやと、海に漕《こ》ぎただよひ歩きて、わが国の内を離れて歩き九まかりしに、ある時は、浪《なみ》荒れつつ海の底にも入りぬべく、ある時には、風につけて知らぬ国に吹き寄

五　底本「と」なし。下の「取(と)り難き」の「と」が「とゝ」とあったのが誤脱したと見る説によって、「と」を補った。一説に、会話文がそのまま地の文に同化する例とする。
六　早々と初夜の準備をはじめるさま。
七　下に「侍るかな」などの省略がある。
八　足かけ三年、の意。「三」は説話に固有の神聖数。
九　話し手が聞き手にへりくだって丁重にいう謙譲語。まいります。

せられて、鬼《おに》のやうなるもの出《い》で来て、殺さむとしき。ある時には、来《き》し方行《かたゆ》く末も知らず、海にまぎれむとしき。ある時には、糧《かて》尽きて、草の根を食ひ物としき。ある時は、言はむ方《かた》なくむくつけげなるもの来て、食ひかからむとしき。ある時には、海の貝を取りて、命を継《つ》ぐ。

旅の空に、助け給ふべき人もなき所に、いろいろの病《やまひ》をして、行《ゆ》く方《かた》そら[一]も覚えず。船の行《ゆ》くにまかせて、海に漂《ただよ》ひて、五百日といふ辰《たつ》[二]の時ばかりに、海の中にはつかに山見ゆ。船のうちをなむ、せめて[三]見る。海の上に漂へる山、いと大きにてあり。その山のさま、高く麗《うるは》し。これや、わが求むる山ならむと思ひて、さすがに恐ろしく覚えて、山のめぐりをさしめぐらして、二三日ばかり見歩《あり》くに、天人の装《よそほひ》したる女、山の中より出《い》で来て、銀《しろかね》の金椀《かなまり》[四]を持ちて、水を汲《く》み歩《あり》く。これを見て、船より下《お》りて、『この山の名を何とか申す』と問ふ。女、答《こた》へていはく、『これは蓬莱《ほうらい》

一 助詞「すら」と同じ。漢文訓読系の男性語。
二 現在のほぼ午前八時ごろ。季節によって多少の変動がある。
三 通説では、強いて・つとめて、の意から、瞳（ひとみ）をこらして、と訳すが、上の「船のうちを」との接続に難がある。舞で、急な鼓の調子に合せてはげしく足を踏むのを「迫む」ということから、船板をはげしく踏みつけて、の意とみる。
四 底本「かなまる」。諸本により改めた。
五 仙女の名。宛字は不明。他本の「わか名は、はうかんるり」を採って「宝嵌瑠璃」を宛てる説もある。
六 「瑠璃」は七宝の一つで、

の山なり』と答ふ。これを聞くに、嬉《うれ》しきことかぎりなし。この女、『かくのたまふは誰《たれ》ぞ』と問ふ。『わが名は、うか[五]んるり』と言ひて、ふと山の中に入《い》りぬ。

その山、見るに、さらに登るべきやうなし。その山のそばひらをめぐれば、世の中になき花の木ども立てり。黄金《こがね》・銀《しろかね》・[六]瑠璃《るり》色《いろ》の水、山より流れ出《い》でたり[七]。それには、色々の珠の橋渡せり。そのあたりに、照り輝《かかや》く木ども立てり。その中に、この取りて持ちてまうで来たりしは、いと悪《わろ》かりしかども、のたまひしに違《たが》[八]はましかばと、この花を折りてまうで来たるなり。

山はかぎりなくおもしろし。世にたとふべきにあらざりしかど、この枝を折りてしかば、さらに心もとなくて、船に乗りて、[九]追風《おひかぜ》吹きて、四百余日になむ、まうで来にし。[一〇]大願力《だいぐわんりき》にや。難波《なには》より、昨日《きのふ》なむ都《みやこ》にまうで来[一一]つる。さらに潮《しほ》に濡《ぬ》れたる衣《ころも》をだに脱ぎ替へなでなむ[一二]、こちまうで

青色の美しい宝石。
七　底本「たる」。諸本により改めた。
八　「まし」は事実に反する仮想を表し、「ましかば……まし」と用いる場合が多い。下に「悪しからまし」などが省略された形。
九　船が進む方向へ後ろから吹いてくる風。順風。
一〇　「大願」は①仏・菩薩（ぼさつ）が衆生（しゅじょう）を救うために立てた誓願、②人間が神仏に立てた大きな祈願、の両意があり、通説は①をとるが、前後の文意から、ここは②と見る。「大願力」は、神仏に大祈願をかけた結果としての力。
一一　「なで」は、完了の助動詞「ぬ」の未然形「な」に打消の接続助詞「で」の付いた形。用例は稀少。
一二　底本「たち」。諸本により改めた。

来つる」とのたまへば、翁《おきな》聞きて、うち嘆《なげ》きて詠《よ》める、

[一]くれ竹のよよの竹取野山にもさやはわびしき節《ふし》をのみ見し

これを、皇子《みこ》聞きて、「[二]ここらの日ごろ、思ひわび侍《はべ》りつる心は、今日《けふ》なむ落ちゐぬる」とのたまひて、返し、

わが袂《たもと》今日乾《かわ》ければわびしさの千種《ちぐさ》の数《かず》も忘られぬべし

とのたまふ。

かかるほどに、男《をのこ》ども六人、列《つら》ねて庭に出で来たり。一人の男、[三]文挟《ふばさみ》に文《ふみ》を挟《はさ》みて申す。「[四]内匠寮《たくみづかさ》の工匠、[五]漢部内《あやべのうち》麻呂《まろ》申さく、珠《たま》の木を作り仕《つか》うまつりしこと、[六]五穀《ごこく》を断ちて、千余日に力を尽くしたること、少なからず。しかるに、禄《ろく》いまだ賜はらず。これを賜ひて、悪き家子《けこ》に[七]賜はせむ」と言ひて、[八]捧《ささ》げたり。竹取の翁《おきな》、この工匠らが申すことは何事ぞと[九]傾《かたぶ》きをり。皇子《みこ》は、われにもあらぬ気色《けしき》にて、肝《きも》

一 「くれ竹」は、呉（くれ）から伝来した竹で、淡竹（はちく）の一種。「くれ竹の」は下の「よ（＝節と節とのあいだ）」と同音の「代」にかかる枕詞。「世々」は、①先祖代々、②長い年月、③各時代、などの意があり、各説あるが、竹取業の感概と見て①を採る。

二 数量などの多さを示す副詞。

三 文書をはさんで貴人に差し出すのに用いた木の杖（つえ）。

四 底本「くもんつかさ」。公文司は公文書を扱う役場で不適。『全集』の説により改めた。〔補注11〕

五 中国系の帰化人めいた姓名。

六 米・麦・粟（あわ）・黍（きび）・豆を断ち、神仏に祈願して、の意。

七 「賜ふ」に敬意を高める助動詞「す」が付いたもの。お与え下さる。「む」は相手の動作につけて勧誘・催促の意を表す。

消え居《ゐ》給へり。

これを、かぐや姫聞きて、「この奉《たてまつ》る文を取れ」と言ひて、見れば、文に申しけるやう、

皇子の君、千日賤しき工匠らと、もろともに同じ所に隠れゐ給ひて、かしこき珠の枝を作らせ給ひて、官《つかさ》も賜はむと仰《おほ》せ給ひき。これをこのごろ案ずるに、一〇御使とおはしますべきかぐや姫の要《えう》じ給ふべきなりけりと承《うけたまは》りて、一一この御屋《みや》より賜はらむ。

と申して、「賜はるべきなり」と言ふを聞きて、かぐや姫、一二暮るるままに思ひわびつる心地《ここち》、一三笑ひ栄えて、翁を呼びとりて言ふやう、「まこと、蓬萊《ほうらい》の木かとこそ思ひつれ。かくあさましき虚言《そらごと》にてありければ、はや返し給へ」と言へば、翁答ふ。「さだかに作らせたる物と聞きつれば、返さむこと、いとやすし」と、うなづきをり。

かぐや姫の心ゆきはてて、ありつる歌の返し、

お与えになってはいかが、お与え下さるように、の意。

八 底本「たる」。諸本により改めた。

九 じっと坐っている、控えている、の意。軽い蔑視の気持をこめて用いる。

一〇 「御使ひ人」の略。皇子の正室ではなく、召人（めしうど）。身分差から、姫は皇子の邸に仕え、主人と情交関係を持つ女房程度に考えられていた。

一一 底本「みや」。諸本「宮」とし、皇室・皇族の邸に見立てる解もあるが、注一〇の意からみて「宮」の宛字は不適。

一二 上に「闇のうち、しつらひなどす」（二一頁）とあり、当夜、同衾（どうきん）が予定されていたので、窮地に追い込まれていた。

一三 「栄え」は、勢いがあふれ出る意。明るさが笑いとなって外に現れるさま。用例は稀。

まことかと聞きて見つれば言《こと》の葉《は》を飾れる珠《たま》の枝にぞ
　ありける

と言ひて、珠の枝も返しつ。竹取の翁《おきな》、さばかり語らひつるが、さすがに[一]覚えて眠《ねぶ》りをり。皇子《みこ》は、立つもはした[二]、居《ゐ》るもはしたにて、居給へり。日の暮れぬれば、すべり出《い》で給ひぬ。

かの愁訴《うれへ》せし工匠《たくみ》をば、かぐや姫、呼び据《す》ゑて、「嬉《うれ》しき人どもなり」と言ひて、禄《ろく》いと多く取らせ給ふ。工匠らいみじく喜びて、「思ひつるやうにもあるかな」と言ひて帰る。道にて、庫持《くらもち》の皇子、血の流るるまで打《ちやう》[三]ぜさせ給ふ。禄得し甲斐《かひ》もなく、みな取り捨てさせ給ひてければ、逃げ失《う》せにけり。

かくて、この皇子は、「一生の恥、これに過ぐるはあらじ。女を得ずなりぬるのみにあらず、天下《てんか》[四]の人の、見思はむことの恥《は》づかしきこと」とのたまひて、ただ一所《ひとところ》[五]、深き

一　上に述べた内容と相違する事態が発生したときにいう語。そうはいうものの、やはりそうもいかずに、の意。

二　中途はんぱで困る気持をいう語。

三　底本「調せさせ」。「調ず」は「てうず」で調える意。ここには不適。①「打（ちゃう）ず」②「懲（ちょう）ず」の二説があり、上の「血の流るるまで」をうけて①を採る。

四　底本は漢字表記。「てんげ」「あめのした」と訓む説もあるが、後に「てんか」（四八頁八行目）と仮名書きの例あり、諸本も多く仮名書きで示すので、それに従った。

五　「所」は、もと高い場所を意味したことから、貴人を数え

山へ入《い》り給ひぬ。宮司《みやづかさ》、さぶらふ人々、みな手を分かちて、求め奉《たてまつ》れども、御死にもやし給ひけむ、え見つけ奉らずなりぬ。皇子の、御供に隠し給はむとて、年ごろ見え給はざりけるなりけり。これをなむ、六「たまさかる」とは言ひ始めける。

五　火鼠の皮衣

七右大臣阿《あ》部御《べのみ》主人《うし》は、財《たから》豊かに、家広き人におはしけ八り。その年来たりける九唐土船《もろこしぶね》の王慶《わうけい》といふ人のもとに、文《ふみ》を書きて、

火鼠《ひねずみ》の皮といふなる物、買ひておこせよ。一〇

とて、仕《つか》うまつる人の中に、心確かなるを選びて、小野房《をののふさ》守《もり》といふ人をつけて遣《つか》はす。持《も》て到《いた》りて、かの唐土にをる王慶に金《かね》を取らす。王慶、文をひろげて見て、返事《かへりこと》書く。

る助数詞として用いた。お一方（ひとかた）の意。

六　未詳。諸説を要約すると、①底本の表記のまま「魂離（たまさか）る」と解し、珠の枝が原因で魂が肉体から離れ、世を逃れて山中に入る。②「たまさかなる」（古本）の表記により「珠悪（たまさが）なる」と解し、珠の枝が悪くて山中に身を隠した皇子に「たまさか」にめぐり逢う、の二説に分れる。

七　底本「左大臣あへのみむらし」。一二頁注三参照。

八　底本「ける」。諸本により改めた。

九　「唐土船」は、中国からの交易船。「王慶」は、その船の持主。下に「唐土にをる」とあるように、船主は中国にいるのである。

一〇　伝聞・推定の助動詞。上の「といふ」と重なって、二重の伝聞・推定。

火鼠の皮衣《かはぎぬ》、この国になき物なり。音には聞けども、いまだ見ぬ物なり。世にある物ならば、この国にも持《も》てまうで来《き》なまし。いと難《かた》き交易《あきなひ》なり。しかれども、もし天竺《てんぢく》にたまさかに持て渡りなば、もし長者《ちやうじや》[一]のあたりに訪《とぶら》ひ求めむに。[二]なきものならば、使《つかひ》に添へて、金をば返し奉《たてまつ》らむ。

と言へり。

かの唐土船《もろこしぶね》来けり。小野房守《をののふさもり》まうで来て、まう上《のぼ》るといふことを聞きて、歩《あゆ》み疾《と》うする馬をもちて走らせ、迎へさせ給ふ時に、馬に乗りて、筑紫《つくし》よりただ七日[三]にまうで来たる。文《ふみ》を見るに、いはく、

火鼠《ひねずみ》の皮衣《かはぎぬ》、からうして人を出《い》だして求めて[四]奉る。今の世にも昔の世にも、この皮は、たやすくなき物なりけり。昔、かしこき天竺の聖《ひじり》、この国に持《も》て渡りて侍《はべ》りける、西の山寺にありと聞き及びて、朝廷《おほやけ》[五]に申して、からうし

一 仏教語。集団の長である富豪、または地位・徳行の高い年長者。
二 「求めむ」の「む」は仮想の助動詞。上の「もし」をうけて「求めむ時に」の意。下に「侍らむ」などが省略。
三 当時、京・大宰府（だざいふ）間の行程は十四日とされた（『延喜式』）。その半分の日程は、迅速さを示す。
四 底本「もとて」。諸本により改めた。
五 国家権力にはたらきかけたさま。下に「国司」が出てくるのもそのため。
六 令制で量目の単位。一両は十六分の一斤（きん）。
七 約束の保証として預けておくもの。代物。上に「唐土にをる王慶に金を取らす」とあった金の代りに送ってきた皮衣。
八 「なにか仰す」「なに仰すか」などの略。一説に「なに思

て買ひ取りて奉る。価《あたひ》の金少なしと、国司《こくし》、使《つかひ》に申ししかば、王慶《わうけい》が物加へて買ひたり。今、金《かね》五十両[六]賜はるべし。船の帰らむにつけて、賜《た》び送れ。もし金賜はぬものならば、かの衣の質《しち》、返し賜べ。

と言へることを見て、「[八]なに仰《おほ》す。今、金少しにこそあ[九]なれ。嬉《うれ》しくしておこせたるかな」とて、唐土《もろこし》の方《かた》に向《むか》ひて、伏し拝《をが》み給ふ。

この皮衣入れたる箱を見れば、くさぐさの麗《うるは》しき瑠璃《るり》をいろへて作れり。皮衣を見れば、[一〇]金青《こんじやう》の色なり。毛の末には、黄金《こがね》の光《ひかり》し[一一]輝《かかや》きたり。宝《たから》と見え、麗しきこと、並ぶべき物なし。[一二]火に焼けぬことよりも、けうらなることかぎりなし。「うべ、かぐや姫好《この》もしがり給ふにこそありけれ」とのたまひて、「[一三]あな、かしこ」とて、箱に入れ給ひて、ものの枝につけて、御身の化粧《けさう》いといたくして、[一四]やがて泊りなむものぞと思《おぼ》して、歌詠《よ》み加へて、持ちていまし

(おぼ)す」で、何をお思いか、の意とする。
九「あンなれ」の撥音無表記。「なれ」は伝聞・推定の助動詞。上の「こそ」の結びで已然形となるが、下に、たやすい御用だ、などの意をこめた表現。
一〇 俗に「紺青」とも（『字類抄』）。あざやかな藍色（あいいろ）の顔料。
一一 底本「さゝやき」。「散」と「荷」の草体を読み誤ったとみて、内閣文庫本の「かゝやき」の表記に従った。
一二 燃えないことは『和名抄』に記してある（一六頁注三）が、物語で記すのはここが初出。
一三「あな」は感動詞、ああ。「かしこ」は形容詞「かしこし」の語幹。ありがたい、もったいない、の意。
一四 底本「やりて」。諸本により改めた。

たり。その歌は、

　かぎりなき思ひに焼けぬ皮衣《かはごろも》袂《たもと》かわきて今日《けふ》こそは着[一]め

と言へり。

家の門《かど》に持《も》て到《いた》りて、立てり。竹取、出《い》で来て取り入れて、かぐや姫に見す。かぐや姫の、皮衣《かはぎぬ》を見て、いはく、「麗《うるは》しき皮[二]なめり。わきてまことの皮ならむとも知らず」。竹取、答へていはく、「[三]とまれかくまれ、まづ請《しやう》じ入れ奉《たてまつ》らむ。世の中に見えぬ皮衣のさまなれば、これをと思ひ給ひ[四]ね。人ないたく[五]わびさせ奉り給ひそ」と言ひて、呼び据《す》ゑ奉れり。かく呼び据ゑて、この度《たび》は必ず婚《あ》はむと、嫗《おうな》の心にも思ひをり。この翁《おきな》は、かぐや姫の[六]やもめなるを嘆かしければ、よき人に婚はせむと思ひはかれど、せちに「否《いな》」と言ふことなれば、え強《し》ひねば、ことわりなり。

　かぐや姫、翁にいはく、「この皮衣は、火に焼かむに、

一　姫に贈った衣だから「着め」の主語は姫。相手の動作につく「む」は、勧誘や軽い命令の気持を表す。着て下さい、着ていただけますか、の意。なお「衣を着る」に夫婦の共寝を意味する「袖を交わす」意を読む説もあるが、「思ひ」をこめた衣を姫に着てもらうことに意味がある。

二　「なンめり」の撥音無表記。「めり」は婉曲（えんきょく）な断定。下文の疑念と照応した表現。

三　一六頁注八参照。

四　完了の助動詞「ぬ」の命令形。……てしまえ。

五　底本「わひさせ給奉らせ給そ」。『全釈』の説により、古本の「わひさせたてまつり給そ」に従った。

六　独身の女性。未婚・死別を問わずいう。男性の場合にもいう。

焼けずは[七]こそ、まことならめと思ひて、人の言ふことにも負けめ。『世になき物なれば、それをまことと疑ひなく思はむ』とのたまふ。なほ、これを焼きて試みむ」と言ふ。翁、「それ、[八]さも言はれたり」と言ひて、大臣に、「かくなむ申す」と言ふ。大臣、答へていはく、「この皮は、唐土《もろこし》にもなかりけるを、からうして求め尋《たづ》ね得たるなり。なにの疑ひあらむ」。「[九]さは申すとも、はや焼きて見給へ」と言へば、火の中にうちくべて焼かせ給ふに、めらめらと焼けぬ。「さればこそ[一〇]。異物《ことも の》の皮なりけり」と言ふ。大臣、これを見給ひて、顔は草の葉の色にて居給へり。かぐや姫は、「あな、嬉《うれ》し」と喜びてゐたり。かの詠《よ》み給ひける歌の返し、箱に入れて返す。

名残《なご》りなく燃ゆと知りせば皮衣《かはごろも》[一一]思ひのほかに置きて見
ましを

とぞありける。されば、帰りいましにけり。

七　上の打消の助動詞「ず」の未然形について仮定条件を示す接続助詞。近世以降「ば」と濁って発音された。「こそ」は強意の係助詞。日常会話文に特有の表現で、下の「真ならめ」および「負けめ」の二つにかかる。四〇頁注一一参照。

八　「さ」は副詞、「も」は感動の意を表す助詞。姫の言う論理を「そのようにいかにもよく」と受けた言い方。「言はれたり」の主語は姫。「れ」は尊敬の助動詞。翁の直観的・主観的判断に対して、姫の論理的・実証的判断を優先する物語の方法が見られる。

九　〔補注12〕

一〇　下に「思ひつれ」などが省略。

一一　「思ひ」の「ひ」に「火」をかける。

世の人々、「阿部《あべ》の大臣、火鼠《ひねずみ》の皮衣《かはぎぬ》持《も》ていまして、かぐや姫に住[一]み給ふとな。ここにやいます」など問ふ。ある人のいはく、「皮は火にくべて焼きたりしかば、めらめらと焼けにしかば、かぐや姫、婚《あ》ひ給はず」と言ひければ、これを聞きてぞ、とげなき[二]ものをば、「あへなし」と言ひける。

六　竜の頸の珠

大伴御行《おほとものみゆき》の大納言《だいなごん》は、わが家にありとある人集めて、のたまはく、「竜《たつ》の頸《くび》に五色《ごしき》の光ある珠《たま》あなり。それを取りて奉《たてまつ》りたらむ人には、願はむことをかなへむ」とのたまふ。男《をのこ》[三]ども、仰《おほ》せのことを承《うけたまは》りて申さく、「仰せのことは、いとも尊《たふと》し。ただし、この珠、たはやすくえ取らじを[四]。いはむや、竜の頸に、珠はいかが取らむ」と申しあへり。

一　男性が女性の家に通い、夫婦として一緒に暮らす意。
二　「利気なし」で、しっかりした所がない、賢い様子がない意とする説は、やや疑問。「遂げなし」で、目的を遂げない意とする説により、下の「阿部無し」をかけた洒落の「敵へなし（＝張リ合イガナイ）」に結びつけた表現と見る。
三　大納言家に仕えている男。家来。
四　詠嘆の意を表す間投助詞。

大納言のたまふ。「君の使《つかひ》[五]といはむ者は、命を捨てても、おのが君の仰《おほ》せ言《こと》をばかなへむとこそ思ふべけれ。この国になき、天竺《てんぢく》・唐土《もろこし》の物にもあらず。この国の海山より、竜は[六]下《お》り上《のぼ》るものなり。いかに思ひてか、汝《なんぢ》ら、難《かた》きものと申すべき」。

男ども申すやう、「さらば、いかがはせむ。難きものなりとも、仰せ言に従ひて、求めにまからむ」と申すに、大納言、[七]見笑ひて、「汝らが君の使と、名を流しつ。君の仰せ言をば、いかがは背《そむ》くべき」とのたまひて、竜の頸《くび》の珠《たま》取りにとて、出《い》だし立て給ふ。この人々の道の糧《かて》、食ひ物[八]に、殿《との》の内の絹《きぬ》・綿《わた》・銭《ぜに》など、あるかぎり取り出《い》でて、添へて遣《つか》はす。「この人々ども帰るまで、[九]斎《いも》ひをして、われはをらむ。この珠取り得では、家に帰り来《く》な」とのたまはせけり。

おのおの仰《おほ》せ承《うけたまは》りてまかりぬ。「『竜の頸の珠取り得ず

五 底本「てんのつかひ」。諸本も同じ。ただし諸説により、「天」と「君」の草体にもとづく誤写と見て改めた。
六 諸説あるが、海や山から天に昇ったり降りたりする、の意と見る。
七 大納言の高圧的な発言が功を奏して、家来たちが屈服したのを見てとり、内心満足しながらも、以下に再度服従を強制し出立させる強引さを導く。ただし、一説に「御はらゐて」の本文により「腹居る（＝機嫌ガ直ル）」と解する。
八 旅行中の食費にあてるためのものとして、の意。
九 底本・諸本とも「いもゐ」。諸説により改めた。

は、帰り来な』とのたまへば、いづちもいづちも、足の向きたらむ方《かた》へ往《い》なむず」「かかるすき事《ごと》をし給ふこと」とそしりあへり。賜はせたる物、おのおの分けつつ取る。あるいはおのが家に籠《こも》り居《ゐ》、あるいはおのが行かまほしき所へ往《い》ぬ。「親・君と申すとも、かくつきなきことを仰せ給ふこと」と、事ゆかぬものゆゑ、大納言をそしりあひたり。

「かぐや姫据《す》ゑむには、例《れい》やうには見にくし」とのたまひて、麗しき屋を作りたまひて、漆《うるし》を塗《ぬ》り、蒔絵《まきゑ》して壁《かべ》し給ひて、屋《や》の上には糸を染めて色々葺《ふ》かせて、内々《うちうち》のしつらひには、言ふべくもあらぬ綾織物《あやおりもの》に絵を描《か》きて、間《ま》ごと貼《は》りたり。もとの妻《め》どもは、かぐや姫を必ず婚《あ》はむ設《まう》けして、ひとり明かし暮らし給ふ。

遣《つか》はしし人は、夜昼《よるひる》待ち給ふに、年越ゆるまで音もせず。心もとながりて、いと忍びて、ただ舎人《とねり》二人、召継《めしつぎ》として、やつれ給ひて、難波《なには》の辺《へん》におはしまして、問ひ給ふことは、

一 「むとす」の転とされるが、音韻変化を説明できない。助動詞「む」の古形「み」に「す」の付いた「みす」の音転（「み」の母音脱落）か。
二 ふさわしくない、の意から不都合だ、無理だ、の意。
三 満足に事がはこばない、らちがあかない、の意。
四 漆を塗った表面に金粉・銀粉・すり貝などで絵模様をかいた工芸品。また、その技法。
五 底本「誠」は宛字。
六 〔補注13〕
七 上級貴族に朝廷から下賜された供人。警護や雑務を司った。資人（しじん）。
八 「召継として」は下の「おはしまして」にかかるが、取次ぎ役として召し連れて、の意をこめた表現。
九 疑問の係助詞。結びは「取れる。」
一〇 ひどく臆病な、意気地ない、

「大伴《おほとも》の大納言《だいなごん》の人や、[九]船に乗りて、竜《たつ》殺して、そが頸《くび》の珠《たま》取れるとや聞く」と問はするに、船人《ふなびと》、答へていはく、「あやしき言《こと》かな」と笑ひて、「さるわざする船もなし」と答ふるに、[一〇]をぢなき事する船人にもあるかな。[一一]え知らで、かく言ふと思《おぼ》して、「わが弓の力は、竜あらば、ふと射殺《いころ》して、頸の珠は取りてむ。遅《おそ》く来る[一二]奴《やつ》ばらを待たじ」とのたまひて、船に乗りて、海ごとに歩《あり》き給ふに、いと遠くて、[一三]筑紫《つくし》の方《かた》の海に漕《こ》ぎ出《い》で給ひぬ。

いかがしけむ。疾《はや》き風吹きて、世界暗がりて、船を吹きもて歩《あり》く。いづれの方《かた》とも知らず、[一四]船を海中《うみなか》にまかり入《い》りぬべく吹き廻《まは》して、浪《なみ》は船に打ちかけつつ巻き入れ、雷《かみ》は[一五]落ちかかるやうにひらめきかかるに、大納言は惑《まど》ひて、「まだかかるわびしき目見ず。いかならむとするぞ」とのたまふ。楫取《かぢとり》、答へて申す。「[一六]ここら船に乗りてまかり歩《あり》くに、まだかかるわびしき目を見ず。御船《みふね》海の底に入らず

の意。「劣・怯、オヂナシ」（『名義抄』）。「先の人は謀（はかりこと）平遅奈之（ヲヂナシ）、我は能くつよく謀りて必ず得てむ」（『宣命』）。

一一 何を知ることができないのか不明だが、下の大納言の発言の内容から判断して訳した。

一二 「奴」は人を卑しめていう語。「ばら」は複数などを表す接尾語。

一三 上の「いと遠く」を、さらに下に具体的に説明し直す順接の助詞。

一四 「船を」は、下の「吹き廻して」にかかる。

一五 「かかる」は、上からおおいかぶさる、の意。下の「ひらめきかかる」の場合も同じ。

一六 こんなに多く、の意。何が多いかは①年数、②乗船回数、③海域数、など諸説がある。

は、雷《かみ》落ちかかりぬべし。もし幸《さいは》ひに神の助けあらば、[一]南《なん》海《かい》に吹かれおはしぬべし。うたてある主《ぬし》の御許《みもと》に仕《つか》うまつりて、すずろなる死にを[二]すべかめるかな」と、楫取《かぢとり》泣く。

大納言《だいなごん》、これを聞きてのたまはく、「船に乗りては、楫取の申すことをこそ、[三]高き山と頼め。などかく頼もしげなく申すぞ」と、[四]青反吐《あをへど》をつきてのたまふ。楫取、答へて申す。「神ならねば、何わざをか仕《つか》うまつらむ。風吹き浪《なみ》激しけれども、雷《かみ》さへ頂《いただき》に落ちかかるやうなるは、竜《たつ》を殺さむと[五]求め給へば、[六]あるなり。疾風《はやて》も竜《りう》の吹かするなり。はや、神に祈り給へ」と言ふ。

「よき事なり」とて、「楫取の御神、聞《き》こしめせ。[七]をぢなく、心幼く、竜《たつ》を殺さむと思ひけり。今より後《のち》は、毛の一《ひと》筋《すぢ》をだに動かし奉《たてまつ》らじ」と、[八]寿詞《よごと》を放ちて、[九]立ち居《ゐ》、泣く泣く呼ばひ給ふこと、千度《ちたび》ばかり申し給ふけにやあらむ、やうやう雷《かみ》鳴りやみぬ。少し光りて、風はなほ疾《はや》く吹く。

一　平安初期、遣唐使船が遭難し、「南海の賊地」に漂着した事例は『六国史』に数多い。場所は東南アジアを漠然と指すが、はるか遠く恐ろしい所と考えられていた。

二　「すべかるめる」の音便形「すべかンめる」の撥音無表記。

三　諸注、高山は不動で力強いものの譬（たとえ）とするが不適。「高山仰止、景行行止」（『詩経』小雅）を典拠とした表現であろう。尊敬するものとして仰ぎ見る、の意。

四　「青」はなまなましい、の意。「反吐」は、口から吐きもどした汚物。げろ。

五　底本「もとめ給候へは」。諸本により改めた。

六　「さ（＝ソノヨウニ）あるなり」の意。

七　底本「をとなく」。「土（と）」と「知（ち）」の草体を読み誤ったと見て改めた。「を楫取のいはく、「これは、竜《たつ》のしわざにこそありけれ。[一〇]この吹く風は、よき方《かた》の風なり。悪《あ》しき方の風にはあらず。よき方に面向《おもむ》きて吹くなり」と言へども、大納言は、これ[一一]を聞き入れ給はず。

三、四日吹きて、吹き返し寄せたり。浜を見れば、[一二]播磨《はりま》の明石《あかし》の浜なりけり。大納言、南海の浜に吹き寄せられたるにやあらむと思ひて、息づき伏し給へり。船にある男《をのこ》ども、国に告げたれども、国の司《つかさ》まうでとぶらふにも、え起き上がり給はで、船底《ふなぞこ》に伏し給へり。松原に御筵《むしろ》敷きて、おろし奉《たてまつ》る。その時にぞ、南海にあらざりけりと思ひて、からうして起き上がり給へるを見れば、[一三]風いと重き人にて、腹いとふくれ、こなたかなたの目には、李《すもも》を二つつけたるやうなり。これを見奉りてぞ、国の司《つかさ》も[一四]ほほ笑《ゑ》みたる。

国に仰せ給ひて、[一五]手輿《たごし》作らせ給ひて、[一六]によふによふ担《にな》はれて家に入《い》り給ひぬるを、いかでか聞きけむ、つかはしし

ちなく」は、拙劣だ、劣っているの意。三四頁注一〇参照。
八　本来は祝賀の詞（ことば）だが、ここでは誓願の詞の意。
九　神に祈願する作法。
一〇　気がついたら……だった、の意を表す助動詞。「こそ」の結びで已然形となり、逆接の意で下文にかかる。
一一　下文に、打上げられた浜を「南海の浜」と思うぐらいの恐怖心から、船頭の判断は信じられないさま。
一二　兵庫県明石市の海岸。
一三　風病（ふびょう）。現在の風邪とは別の病気。〔補注14〕
一四　底本「ほうえみたる」は発音表記。
一五　轅（ながえ）を手で持ち担ぐ輿（こし）。「腰輿　太古之」（『和名抄』）。
一六　底本「にようによう」。漢文訓読系の語。「呻（ニヨヒ）」（『金剛般若経集験記』平安初期点）。

男《をのこ》ども参りて申すやう、「竜《たつ》の頸《くび》の珠《たま》をえ取らざりしかば一なむ、殿へもえ参らざりし。珠の取り難《がた》かりしことを知り給へればなむ、二勘当《かんだう》あらじとて参りつる」と申す。大納言《だいなごん》、起き居てのたまはく、「汝《なんぢ》ら、三よく持《も》て来《こ》ずなりぬ。竜《たつ》は鳴る雷《かみ》の類《るい》にこそありけれ。それが珠を取らむとて、そこらの人々の害《がい》せられむとしけり。まして竜を捕《とら》へたらましかば、また事もなく、われは害せられなまし。よく捕へずなりにけり。かぐや姫てふ四大盗人《おほぬすびと》の奴《やつ》が、人を殺さむとするなりけり。家のあたりだに、今は通らじ。男どもな歩《あり》きそ」とて、家に少し残りたりける物どもは、竜の珠を取らぬ者どもに賜《た》びつ。

これを聞きて、離れ給ひしもとの五上《うへ》は、六腹を切りて笑ひ給ふ。糸を葺《ふ》かせ造りし屋《や》は、鳶《とび》・烏《からす》の巣に、みな喰《く》ひもて往《い》にけり。世界の人の言ひけるは、「大伴《おほとも》の大納言《だいなごん》は、竜《たつ》の頸《くび》の珠《たま》や取りておはしたる」「否《いな》、さもあらず。御

一 底本「南殿へも」。「南」は係助詞「なむ」の誤読とする説により改めた。
二 もと罪を勘（かんが）え、法に当てて処罰する意。転じて、主君の怒りに触れてこらしめられること。
三 本当によかったという気持を表す。よくぞ。
四 人を卑しめ、ののしっていう語。
五 貴人の妻の敬称。離婚した先妻についてもいう。前に「もとの妻ども」と複数であったので、ここはその中の正妻であった人をいう。
六 漢語の「断腸」の訳語か。
七 「食べ難し」と「堪へ難し」とをかけた洒落。「堪へ難し」は、ここでは、おかしくて笑いをこらえきれない意。「食ぶ」は、いただく意の「賜ぶ」（下二段、謙譲語）から派生した語で、中古以降、主に飲食物をい

眼《まなこ》二つに、李《すもも》のやうなる珠をぞ添《そ》へていましたる」と言ひければ、「あな、たべがた[七]」と言ひけるよりぞ、世[八]にあはぬことをば、「あなたへがた」とは言ひ始めける。

七　燕の子安貝

[九]中納言石上麻呂《ちゆうなごんいそのかみのまろ》足《たり》の、家に使はるる男《をのこ》どものもとに、「燕《つばくらめ》の巣くひたらば告げよ」とのたまふを、承《うけたまは》りて、「[一〇]何《なに》の用にかあらむ」と申す。答へてのたまふやう、「燕の持たる子《こ》安《やす》貝を取らむ料《れう》[一一]なり」とのたまふ。男ども答へて申す。「燕をあまた殺して見るだにも、腹になき物なり。ただし、子産む時なむ、いかでか出《い》だすらむ、[一二]はらかくる」と申す。「人だに見れば、失《う》せぬ」と申す。また人の申すやう、「[一三]大炊寮《おほひづかさ》の飯炊《いひかし》く屋《や》の棟《むね》に、[一四]つくのあるごとに、燕は巣をくひ侍《はべ》る。それに、まめならむ男どもを率《ゐ》てまかり

ただくの意。
八　「世に」は、まったく、いかにも、の意の副詞。「あはぬ」は、期待と現実とが合致しない、予想に反する意。
九　「まろたり」は、底本「まろたか」。諸本により改めた。「の」は主格の助詞。
一〇　底本「なしの用」。「し」は「尓」の草体の誤写と見て改めた。
一一　ある行為の目的や対象を表す語。
一二　底本「はらくか」。諸本に異同多く、解釈に諸説がある。〔補注15〕
一三　宮内省に属し、諸国から奉る米穀を収納し、各官庁に分配する役所。
一四　底本「つくのあな」。『集成』の説により改めた。〔補注16〕

て、[一]あぐらを結《ゆ》ひ上げて窺《うかが》はせむに、そこらの燕《つばくらめ》、子産まざらむやは。さてこそ取らしめ給はめ」と申す。中納言《ちゆうなごん》、喜び給ひて、「をかしき事にもあるかな。[二]もつともえ知らざりけり。興あること申したり」とのたまひて、まめなる男《をのこ》ども二十人ばかり遣《つか》はして、[三]麻柱《あななひ》に上げ据《す》ゑられたり。殿より使《つかひ》隙なく賜はせて、「子安の貝、取りたるか」と問はせ給ふ。

燕も、人のあまた上《のぼ》りゐたるに怖《お》ぢて巣にも上り来ず。かかる由の返事《かへりこと》を申したれば、聞き給ひて、いかがすべきと思《おぼ》しわづらふに、かの寮《つかさ》の官人《くわんにん》、倉津麻呂《くらつまろ》と申す翁《おきな》、申すやう、「子安貝取らむと思しめさば、たばかり申さむ」とて、御前《おまへ》に参りたれば、中納言、額《ひたひ》を合はせて[四]向《むか》ひ給へり。

倉津麻呂が申すやう、「この燕の[五]子安貝は、悪《あ》しくたばかりて取らせ給ふなり。さては、え取らせ給はじ。麻柱に

一　高い所へあがるために材木を組んで造った足場。
二　下に打消の表現を伴って、全然、少しも、の意。
三　助ける意の「あななふ」の連用形名詞。足がかり。足場。
四　向き合う意。
五　底本「の」なし。他本で改めた。
六　目を驚かすようなさま。おおげさだ。
七　「あれ」（終止形「ある」）

[六]おどろおどろしく二十人の人の上りて侍《はべ》れば、[七]あれて寄りまうで来ず。せさせ給ふべきやうは、この麻柱を[八]こほちて、人みな退《しりぞ》きて、まめならむ人一人を、[九]荒籠《あらこ》に乗せ据ゑて、綱を構へて、鳥の子産まむ間に、綱を吊《つ》り上げさせて、ふと子安貝を取らせ給はむなむ、よかるべき」と申す。中納言のたまふやう、「いとよき事なり」とて、麻柱を[一〇]こほち、人みな帰りまうで来《き》ぬ。

中納言、倉津麻呂にのたまはく、「燕《つばくらめ》は、[一一]いかなる時にか、子産むと知りて、人をば上ぐべき」とのたまふ。倉津麻呂申すやう、「燕、子産まむとする時は、尾を捧《ささ》げて[一二]七《しち》度《ど》めぐりてなむ、産み落すめる。さて七度めぐらむ折、引き上げて、その折、子安貝は取らせ給へ」と申す。中納言、喜び給ひて、よろづの人にも知らせ給はで、[一三]みそかに寮《つかさ》にいまして、男《をのこ》どもの中にまじりて、夜《よる》を昼《ひる》になして取らしめ給ふ。倉津麻呂かく申すを、いといたく喜びてのたまふ。

は下二段動詞。離れる、遠ざかる意。
八　鎌倉時代まではコホチと清音で読んだ。こわす、砕く、の意。
九　底本「あらたに」。諸本により改めた。目を粗く編んだかご。
一〇　底本「こほし」。「こほち」の誤りと見て改めた。
一一　「いかなる時にか」が「子産む」にかかるか、「上ぐべき」にかかるかについて、文脈のねじれが指摘されているが、「燕は……子産む」と「いかなる時にか……上ぐべき」の両文が一文脈に合流した、必ずしも論理的でない、しかし現代語訳を見ても不自然でない日常会話文の特性を、むしろ認めたい。
一二　底本「七と」とあるので音読した。
一三　漢文訓読語「ひそかに」に対する和文系の語。

「ここに使はるる人にもなきに、願ひをかなふることの嬉《うれ》しさ」とのたまひて、御衣《おほんぞ》ぬぎて一かづけ給うつ。「さらに、夜さり、この寮《つかさ》にまうで来《こ》」とのたまうて、遣《つか》はしつ。

日暮れぬれば、かの寮におはして見給ふに、まこと、燕巣作れり。倉津麻呂《くらつまろ》申すやう、二尾《を》浮《う》けてめぐるに、荒籠《あらこ》に人を上《のぼ》せて、吊《つ》り上げさせて、燕の巣に手をさし入れさせて探るに、「物もなし」と申すに、中納言《ちゆうなごん》、「悪《あ》しく探ればなきなり」と腹立ちて、「三誰《たれ》ばかり覚えむに」とて、「われ、上りて探らむ」とのたまひて、籠《こ》に乗りて吊られ上りて、窺《うかが》ひ給へるに、燕、四尾《さき》を捧げていたくめぐるに合はせて、手を捧げて探り給ふに、手に平《ひら》める物さはる時に、「われ、物にぎりたり。今は五おろしてよ。六翁《おきな》、し得たり」とのたまひて、七集まりて、とくおろさむとて、綱を引き過《す》ぐして、綱絶《た》ゆる八すなはちに、九八島《やしま》の鼎《かなへ》の上に、のけざまに落ち給へり。

一 褒美として衣を賜わると、それを肩にかけて感謝の拝舞をしたことから、衣を賜与（しよ）する意。「給うつ」は「給ひつ」の音便形。
二 尾を上へあげる。「浮け」は下二段動詞。
三 解釈に諸説がある。〔補注17〕
四 前に「尾を捧げて」（四一頁一〇行目）「尾浮けて」とある。底本「さけ」。諸本により改めた。
五 完了の助動詞「つ」の命令形。「おろせ」の強調表現。
六 倉津麻呂に対する呼びかけ。
七 因果関係を表す接続助詞。……ので。
八 「すなはち」は、即座・即時の意の名詞。
九 大炊寮にあった八個の三本脚の釜。
一〇 前後不覚の状態が治って、生き返る、正気にもどる。

人々あさましがりて、寄りて抱《かか》へ奉《たてまつ》れり。御目は白眼《しらめ》にて伏し給へり。人々、水をすくひ入れ奉る。からうして一〇生き出《い》で給へるに、また鼎の上より、手取り足取りして、下《さ》げおろし奉る。からうして、「御《み》心地《ここち》はいかが思《おぼ》さるる」と問へば、一一息の下《した》にて、「物は少し覚ゆれど、腰なむ動かれぬ。されど、子安貝をふと握《にぎ》り持《も》たれば、嬉《うれ》しく覚ゆるなり。まづ一二紙《し》燭《そく》さして来《こ》。この貝、顔見む」と御頭《みぐし》もたげて、御手をひろげ給へるに、燕《つばくらめ》のまり置ける古糞《ふるくそ》を握り給へるなりけり。それを見給ひて、「あな、一三貝なのわざや」とのたまひけるよりぞ、思ふに違《たが》ふことをば、「甲斐なし」と言ひける。

貝にもあらずと見給ひけるに、御心地も違ひて、一四唐櫃《からひつ》の蓋《ふた》の、入れられ給ふべくもあらず、御腰は折れにけり。中納言は、一五わらはげたるわざして止《や》むことを、人に聞かせじとし給ひけれど、それを病《やまひ》にて、いと弱くなり給ひにけり。

一一　声も絶え絶えに、ものを言うさま。

一二　「ししょく」の直音表記。「脂燭」とも書く。松の木で作った室内用の灯火。長さ一尺五寸（約四五センチ）の松材の先の方を炭火でこがし、その上に油を塗って乾かし、手に持つ方を紙で巻いたもの。点火することを「さす」という。底本「さ」がないが、諸本で改めた。「来（こ）」はカ変動詞の命令形。

一三　「貝な」は「貝なし」の語幹。「甲斐なし」（＝効果ガ上ガラナイ）の語幹「甲斐な」とかけた。

一四　「唐櫃の蓋の、入れられ給ふべく」と「入れられ給ふべくもあらず……」の両文を一文脈に混在させた表現。中納言を唐櫃の蓋に入れて運ぶはずであったのに、とても入れられそうもないほど……の意。

一五　底本「いゝいけたる」。誤写と見て改めた。

貝をえ取らずなりにけるよりも、人の聞き笑はむことを、日にそへて思ひ給ひければ、ただに病《や》み死ぬるよりも、人聞き恥《は》づかしく覚え給ふなりけり。

これを、かぐや姫聞きて、とぶらひにやる歌、

年を経て[一]浪《なみ》立ち寄らぬ[二]住《すみ》の江《え》の[三]待つ甲斐《かひ》なしと聞くは

まことか

とあるを、読みて聞かす。いと弱き心に、頭《かしら》もたげて、人に紙を持たせて、苦しき心地《ここち》にからうして書き給ふ。

甲斐はかくありけるものをわびはてて死ぬる命を[四]すく

ひやはせぬ

[五]と書きはつる、絶え入り給ひぬ。これを聞きて、かぐや姫、[六]少しあはれと思《おぼ》しけり。それよりなむ、少し嬉《うれ》しきことをば、「甲斐あり」とは言ひける。

一 かぐや姫の家に中納言が立ち寄る意と、住の江に浪が立ち寄せる意とをかける。
二 大阪市住吉区住吉神社付近にあった入江。
三 「松」と「待つ」、「甲斐」と「貝」とをかける。
四 「救ひ」に「掬ひ（＝サジデシャクル）」をかけ、「甲斐」に「匙（かひ）」をかけた意をもたせて縁語とした。
五 「書き果つるすなはち」の語勢。蓬左本は下に「と」がある。かりにその意で解する。
六 〔補注18〕
七 「内侍」は後宮十二司の一の内侍司（ないしのつかさ）の女官。天皇に常に近侍して奏請・伝宣などのことにあたる役。

八　御狩のみゆき

さて、かぐや姫、容貌《かたち》の世に似ずめでたきことを、帝《みかど》聞こしめして、七内侍《ないし》中臣房子《なかとみのふさこ》にのたまふ。「多くの人の身をいたづらになして八婚《あ》はざなるかぐや姫はいかばかりの女ぞと、九まかりて、見て参れ」とのたまふ。房子、承《うけたま》りてまかれり。竹取の家に、かしこまりて請《しやう》じ入れて会へり。嫗《おうな》に、内侍《ないし》のたまふ。一〇「仰《おほ》せ言《こと》に、かぐや姫の容貌《かたち》一一、優《いう》におはすなり、よく見て参るべき由、のたまはせつるになむ、参りつる」と言へば、「さらば、かく申し侍《はべ》らむ」と言ひて入《い》りぬ。

かぐや姫に、「はや、かの御使《みつかひ》に対面《たいめん》し給へ」と言へば、かぐや姫、「よき容貌にもあらず。いかでか見ゆべき」と言へば、「うたてものたまふかな。帝《みかど》の御使をば、いかで

尚侍（ないしのかみ）・典侍（ないしのすけ）・掌侍（ないしのじよう）の三等がある。単に内侍というときには掌侍をさすことが多い。「中臣」は祭祀を司る氏族。

八　底本「あはさる」。諸本により改めた。「婚はざなる」は「婚はザンなる」の撥音無表記。「なる」は伝聞の助動詞。

九　「まかる」「参る」ともに帝自身を高め、内侍を低めた表現。

一〇　「仰せ言」は、ことばを負わせる、ことばで課すことの意から、上位者が下位者にお命じになる言葉。ここは主体が帝なので勅命。下文の「国王の仰せ言」に同じ。「のたまはせつる」につづく。

一一　底本「うち」。諸本により改めた。「優に」は、中古の用法では、他に比べてすぐれている、の意。「なり」は伝聞・推定。

かおろかにせむ」と言へば、かぐや姫の答ふるやう、「帝の召して一のたまはむこと、かしこしとも思はず」と言ひて、さらに見ゆべくもあらず。二生《む》める子のやうにあれど、いと三心はづかしげに、おろそかなるやうに言ひければ、心のままにもえ責《せ》めず。

嫗《おうな》、内侍《ないし》のもとに還《かへ》り出《い》でて、「口惜《くちを》しく、四この幼き者は、強《こは》く侍る者にて、対面すまじき」と申す。内侍、「必ず見奉《たてまつ》りて参れと仰せ言ありつるものを、見奉らでは、いかでか帰り参らむ。国王の仰せ言を、五まさに世に住み給はむ人の、承《うけたまは》り給はでありなむや。六いはれぬ事なし給ひそ」と、七言葉はづかしく言ひければ、これを聞きて、ましてかぐや姫聞くべくもあらず。「国王の仰せ言《おほごと》を背《そむ》かば、はや殺し給ひてよかし」と言ふ。

この内侍、帰り参りて、この由《よし》を奏《そう》す。帝《みかど》、聞こしめして、「多くの人殺してける心ぞかし」とのたまひて、止《や》み

一 (帝が)仰せになるとしても、そのこと(は)、の意。「む」は仮想。
二 「生む」を当時「ンむ」と発音した。嫗は平素、自分が生んだ子のように思って親しんでいた、の意。
三 「言ひければ」につづく。姫の気構えが嫗には気後れするほどに、の意。注七参照。
四 思慮が足りない。愚かだ。「をんな子のためには、親幼くなりぬべし」(『土佐日記』)。
五 「まさに」は下の二重否定(……で……や)による強い肯定の表現と呼応して、当然お受けすべきだ、の気持を表す。漢文訓読流の強調語法。
六 言うことができないこと、道理の通らぬこと、の意。
七 話すことばが聞き手に気後れさせるほどに、の意。
八 「仰せ」は四五頁注一〇参照。「給ふ」は、与えるの尊敬

にけれど、なほ思《おぼ》しおはしまして、この女のたばかりにや負けむと思して、[八]仰せ給ふ。「汝《なんぢ》が持ちて[九]侍《はべ》るかぐや姫奉《たてまつ》れ。顔かたちよしと[一〇]聞こしめして、御使《みつかひ》賜《た》びしかど、甲斐《かひ》なく、見えずなりにけり。かく[一一]たいだいしくや慣《なら》はすべき」と仰せらるる。翁《おきな》かしこまりて、御返事《かへりこと》申すやう、「この[一二]女《め》の童《わらは》は、絶えて宮仕《みやづか》へ仕《つか》うまつるべくもあらず[一三]はんべるを、もてわづらひ侍り。さりとも、まかりて[一四]仰せ給はむ」と奏す。これを聞こしめして仰せ給ふ。「などか、翁のおほしたてたらむものを、心に任《まか》せざらむ。この女、もし奉りたるものならば、翁に[一五]爵《かうぶり》を、などか賜はせざらむ」。

　翁、喜びて、家に帰りて、かぐや姫に語らふやう、「かくなむ、帝の仰せ給へる。なほやは仕うまつり給はぬ」と言へば、かぐや姫、答へていはく、「もはら、さやうの宮仕へ、仕うまつらじと思ふを、強《し》ひて仕うまつらせ給はば、

語。下さる。

九「侍る」「奉れ」ともに帝が翁に対して、自らを高め相手を低い位置におく用法としての謙譲語。

一〇「聞こしめす」「御使賜ぶ」ともに帝が自らの動作に添えた自尊敬語。〔補注19〕

一一「たぎたぎし」の音便形。道がでこぼこで歩きにくい、の意から、不都合だ、の意となる。

一二 自分の娘などを、へりくだっていう時に用いる語。

一三「はんべり」は「這（は）ひあり」の転「はへり」が有声音化した形。「はべり」はその撥音無表記。「あり」「をり」を謙んで丁重にいう語。ございます。〔補注20〕

一四「仰せ」を取り次ぐために、翁が勅命を下達する意。

一五「爵を賜ふ」で叙爵する。特に、五位に叙せられて貴族に列せられること。

消え失《う》せなむず[一]。[二]御官爵《みつかさかうぶり》仕うまつりて、死ぬばかりなり」。翁いらふるやう、「なし給ひそ。爵《かうぶり》も、わが子を見奉《たてまつ》らでは、何にかせむ。さはありとも、などか宮仕へをし給はざらむ。死に給ふべき[三]やうやあるべき」と言ふ。

「なほ虚言《そらごと》かと、仕《つか》うまつらせて死なずやあると見給へ。あまたの人の心ざしおろかならざりしを、空《むな》しくなしてしこそ[四]あれ。昨日今日《きのふけふ》、帝《みかど》ののたまはむことにつかむ、人聞[五]きやさし」と言へば、翁《おきな》、答へていはく、「[六]天下《てんか》のことは、とありとも、かかりとも、御命《みいのち》の危《あやふ》さこそ、大きなる障《さは》りなれば、なほ仕うまつるまじきことを、参りて申さむ」とて、参りて申すやう、「[七]仰せの事のかしこさに、かの童《わらは》を参らせむとて仕うまつれば、『宮仕《みやづか》へに出《い》だし立てば、死ぬべし』と申す。造麻呂《みやつこまろ》が手に生ませたる子にてもあらず。昔、山にて見つけたる。かかれば、心ばせも世の人に似《に》ず侍《はべ》る」と奏《そう》せさ[八]す。

一　三四頁注一参照。
二　官職と位階。官位。
三　わけ。理由。事情。
四　「こそ」の結びで已然形となるが、けれども、の意をもって下につづく。
五　身がやせ細る思い、の意から、恥ずかしい、きまりが悪い。
六　世に類のないさま。この上もないこと。通説では、世間のこと、官位など政治向きのこと。
七　「仰せの」は「事のかしこさ」にかかる。「仰せの事を」とする本もあるが、従い難い。「を十……さ」の適例はない。
八　使役の助動詞。人を介して、の意。直接奏上の場合は四九頁四行目「奏すれば」。
九　底本「ちかくなり」。語法的に見て北島本「ちかゝなり」を採る。「近かンなり」の撥音無表記と解する。「なり」は伝聞・推定の助動詞。
一〇　底本「御かりみゆき」。諸

帝、仰《おほ》せ給はく、「造麻呂が家は、山もと[九]近《ちか》かなり。[一〇]御《み》狩《かり》の行《み》幸《ゆき》し給はむやうにて、見てむや」とのたまはす。造麻呂が申すやう、「いとよき事なり。[一一]何か、心もなくて侍らむに、ふと行幸して御覧ぜむ。[一二]御覧ぜられなむ」と奏すれば、帝、[一三]にはかに日を定めて、御狩に出《い》で給うて、かぐや姫の家に入《い》り給うて見給ふに、光満ちて、けうらにて居たる人あり。これならむと思《おぼ》して、逃げて入《い》る袖《そで》を捕へ給へば、面をふたぎてさぶらへど、初めよく御覧じつれば、類《たぐひ》なくめでたく覚えさせ給ひて、「[一四]許さじとす」とて率《ゐ》ておはしまさむとするに、かぐや姫、答へて奏《そう》す。「[一五]おのが身は、この国に生まれて侍《はべ》らばこそ使ひ給はめ、いと率《ゐ》ておはしまし[一六]難《がた》くや侍らむ」と奏す。帝《みかど》、「などかさあらむ。なほ率ておはしまさむ」とて、[一七]御《み》輿《こし》を寄せ給ふに、このかぐや姫、[一八]きと[一九]影になりぬ。はかなく口惜《くちを》しと思《おぼ》して、げにただ人にはあらざりけりと思して、「さらば、御供には率

本により改めた。「御狩の行幸し給はむ」は、帝が自らの動作に添えた特異な自尊敬語。
一一 「何か難（かた）きことあらむ」の略。
一二 「む」は相手（帝）の動作に付いて、勧誘・催促などの意を表す。他本の「御覧せんに」の場合は仮想の意となる。
一三 底本「俄」。諸本により改めた。
一四 「許す」は「ゆるぶ」と同源。束縛をゆるめ解放する意。〔補注21〕
一五 下の「率ておはしまし難く」にかかる。「この国に……使ひ給はめ」は挿入句。〔補注22〕
一六 帝の自らを敬った表現。
一七 「輿」は屋形に人を乗せ、二本以上の轅（ながえ）で、人力ではこぶ乗り物。〔補注23〕
一八 状態などが急変するさま。
一九 形だけがぼんやり見えて、実体のないもの。

て行《い》かじ。もとの御かたちとなり給ひね。それを見てだに帰りなむ」と仰《おほ》せらるれば、かぐや姫、もとのかたちになりぬ。帝、なほめでたく思しめさるること、せきとめ難し。かく見せつる造麻呂《みやつこまろ》を悦《よろこ》び給ふ。

さて、仕《つか》うまつる[一]百官《ひやくくわん》の人に饗《あるじ》いかめしう仕うまつる。

帝《みかど》、かぐや姫を留《とど》めて帰り給はむことを、飽《あ》かず口惜しく思《おぼ》しけれど、魂《たましひ》を留めたる心地してなむ、帰らせ給ひける。御輿に奉《たてまつ》りて後《のち》に、かぐや姫に、

帰るさの行幸《みゆき》もの憂《う》く思ほえて[二]背きてとまるかぐや姫ゆゑ

御返事《かへりこと》、

葎《むぐら》はふ下《した》にも年は経《へ》ぬる身の何かは玉の台《うてな》をも見む

これを、帝、御覧じて、[三]いと帰り給はむ[四]空《そら》もなく思さる。御心は、さらに立ち帰るべくも思されざりけれど、さりとて、夜を明かし給ふべきにあらねば、帰らせ給ひぬ。

一 底本「百官人ゝ」。「ゝ」は「二」の草体の誤写と見る。語法上、格助詞「に」の省略はありえない。
二 帝が後ろを振り向く意と、姫が勅命に背く意とをかける。
三 底本「いかゝ」。「閑」と「東」の草体の誤写と見て、島原本・蓬左本などの表記により改めた。
四 「空」は心地の意で、打消しの語を伴い、心もとない不安な状態を表す。
五 「よし」は理由・根拠の意。慣例や配慮をも欠く口実もないまま、の意。
六 次の行の「聞こえ交はし給ひて」とともに、帝との対応関係におき地の文ではじめて姫の側

常に仕うまつる人を見給ふに、かぐや姫の傍《かたはら》に寄るべくだにあらざりけり。異人《ことひと》よりはけうらなりと思しける人の、かれに思し合はすれば、人にもあらず。かぐや姫のみ御心にかかりて、ただ独《ひと》り住《ず》み給ふ。[五]よしなく御方々にも渡り給はず。かぐや姫の[六]御もとにぞ、御文《ふみ》を書きて[七]通《かよ》はさせ給ふ。御返り、[八]さすがに憎からず聞こえ交《か》はし給ひて、[九]おもしろく、木草につけても御歌を詠みてつかはす。

九　天の羽衣

かやうにて、御心を互《たが》ひに慰め給ふほどに、[一〇]三年ばかりありて、春の初めより、かぐや姫、月のおもしろう出《い》でたるを見て、常よりも物思ひたるさまなり。ある人の、[一一]「月の顔見るは、忌《い》むこと」と制しけれども、ともすれば、人《ひと》間《ま》にも月を見ては、[一二]いみじく泣き給ふ。

に尊敬語が用いられ身分的な隔たりが男女関係の中で少しずつ取り除かれていく描き方に注意。

七 「通はさ」は他動詞「通はす」（四段）の未然形、「せ」は助動詞「す」（尊敬）の連用形。「せ給ふ」で最高敬語。「通はす」は文通が一度や二度でないさまをいう。

八 勅命に対しては手きびしく拒絶したが、帝の身分を度外視した真情に対しては、やはり、の意。

九 表面が明るくはっきりしている、が原義か。感覚の上で印象的なさまをいう。趣が深い。

一〇 説話に固有の神聖数。一〇頁注二参照。

一一 底本「月かほ」。諸本により改めた。月を見るのを忌む発想については諸説ある。〔補注24〕

一二 底本「いみしく」。諸本により改めた。

七月十五日の月に出で居《ゐ》て、せちに物思へる気色《けしき》なり。近く使はるる人々、竹取の翁《おきな》に告げていはく、「かぐや姫、例《れい》も月をあはれがり給へども、このごろとなりては、ただ事にも侍《はべ》ら[一]ざめり。いみじく思《おぼ》し嘆くことあるべし。よくよく見奉らせ給へ」と言ふを聞きて、かぐや姫に言ふやう、「[二]なんでふ心地すれば、かく物を思ひたるさまにて、月を見給ふぞ。[三]うましき世に」と言ふ。かぐや姫、「見れば、世間《せけん》心細くあはれに侍る。[四]なでふ物をか嘆き侍るべき」と言ふ。

かぐや姫のある所に到《いた》りて見れば、なほ物思へる気色なり。これを見て、「[五]あが仏《ほとけ》、何事思ひ給ふぞ。思《おぼ》すらむこと、何事ぞ」と言へば、「思ふ事もなし。物なむ心細く覚ゆる」と言へば、翁《おきな》、「月な見給ひそ。これを見給へば、物思《おぼ》す[六]気色はあるぞ」と言へば、「いかで月を見ではあらむ」とて、なほ月出《い》づれば、出で居つつ嘆き思へり。[七]夕闇《ゆふやみ》

一「ざンめり」の撥音無表記。
二「なにといふ」の約（連体詞）。どういう。注四参照。
三 満ち足りてすばらしい、結構だ、の意の形容詞。
四「なンでふ」の撥音無表記。「なにといふ」→「なにてふ」→「なんでふ」→「なでふ」と変化した形。ここは反語の表現（副詞）に用いて、どうして……か。何だって……か。
五 底本「あるほとけ」。諸本により改めた。
六 物事が起こりそうな様子。兆候。
七 陰暦二十日前後になると月の出が遅くなるので、日没後、月が出るまでの間の暗闇どきをいう。
八「これを」は姫の嘆き泣く様子を、の意。「何事とも知ら

には、物を思はぬ気色なり。月の程《ほど》になりぬれば、なほ時々はうち嘆き、泣きなどす。[八]これを、使ふ者ども、「なほ物思《おぼ》すことあるべし」と、ささやけど、親をはじめて、何事とも知らず。

八月十五日[九]ばかりの月に出《い》で居《ゐ》て、かぐや姫、いといたく泣き給ふ。人目も、今はつつみ給はず泣き給ふ。これを見て、親どもも、「何事ぞ」と[一〇]問ひ騒ぐ。かぐや姫、泣く泣く言ふ。「さきざきも申さむと思ひしかども、必ず心惑はし給はむものぞと思ひて、今まで過ごし侍《はべ》りつるなり。[一一]さのみやはとて、うち出で侍りぬるぞ。おのが身は、この国の人にもあらず。月の都の人なり。それを[一二]なむ、[一三]昔の契《ちぎり》ありけるによりなむ、この世界には[一四]まうで来たりける。今は帰るべきになりにければ、この月の十五日に、かの[一五]本《もと》の国より、迎へに人々まうで来《こ》むず。[一六]さらず[一七]まかりぬべければ、思《おぼ》し嘆かむが悲しきことを、この春より、思ひ嘆き侍

ず」にかかる。
九　だいたいその時分、の意だが、後文に「この月の十五日に……」とあるから、ここは十五日に近づくころ。
一〇　たずねて大騒ぎをする意ではなく、騒がしく声を立ててたずねる意。
一一　「やは」は反語。下に「あるべき」などが省略されている。
一二　下にもう一つ「なむ」があり、一文に「なむ」を重ねて用いるのは異例で、諸本に異同もあるが、このままの形を認めれば会話文特有の語法か。
一三　仏教で、現世の相は前世からの約束事できまるとする思想。
一四　翁に対して姫がへりくだった表現。
一五　自分の生まれた国。故国。
一六　「避（さ）る」の未然形＋打消の助動詞。避けることができず、やむをえず、の意。
一七　翁のもとから退き去る意。

るなり」と言ひて、いみじく泣くを、翁《おきな》、「こは、なでふ事をのたまふぞ。竹の中より見つけ聞こえたりしかど、菜《な》[一]種《たね》の大きさ[二]おはせしを、わが丈《たけ》立ち並ぶまで養ひ奉りたるわが子を、何人《なにびと》か迎へ聞こえむ。まさに許さむや」と言ひて、「われこそ死なめ」とて、泣きののしること、いと堪《た》へ難《がた》げなり。

かぐや姫のいはく、「月の都の人にて、父母あり。片時《かたとき》の間《あひだ》とて、かの国よりまうで来《こ》しかども、かくこの国にはあまたの年を経《へ》ぬるになむありける。かの国の父母のことも覚えず。ここには、かく久しく遊び[三]聞こえて、慣《な》らひ奉《たてまつ》れり。いみじからむ心地《ここち》もせず。悲しくのみある。されど、おのが心ならずまかりなむとする」と言ひて、もろともにいみじう泣く。使はるる人も、年ごろ慣らひて、立ち別れなむことを、[四]心ばへなどあてやかにうつくしかりつることを見慣らひて、恋しからむ[五]ことの堪へ難く、湯水《ゆみづ》飲

一 「菜種」はカラシナの種子。〔補注25〕
二 底本「大きさを」。諸本により改めた。〔補注26〕
三 「遊び」は、もと日常的な生活とは別次元の世界で心身を解き放つ意。「聞こえ」は補助動詞として「遊び」の意を単にへりくだって表現するだけでなく、相手への働きかけをもつ語で、翁に対して遊び申しあげる意。語法的には異例で疑問がある。
四 下の「同じ心に嘆かしがりけり」にかかる。「心ばへなど……湯水飲まれず」は挿入句。
五 「む」は仮想の助動詞。このまま別れたら恋しかろうと思う気持。
六 「つかはす」は「使ふ」の未然形に、尊敬の助動詞「す」(上代語)が付いて出来た語。勅使を派遣なさる、の意。この時代、主語が帝でも下に「せ給ふ」など付けない。ここは異例で、後

まれず、同じ心に嘆かしがりけり。

このことを、帝《みかど》、聞こしめして、竹取が家に御使《みつかひ》[六]遣《つか》はさせ給ふ。御使に、竹取出《い》で会ひて、泣くことかぎりなし。このことを嘆くに、鬚《ひげ》も白く、腰もかがまり、目もただれにけり。翁《おきな》、今年は[七]五十ばかりなりけれども、物思ひには、片時《かたとき》になむ、老いになり[八]にけると見ゆ。御使、仰《おほ》せ言《ごと》とて、翁にいはく、『いと心苦しく物思ふなるは、まことにか』と仰せ給ふ」。竹取、泣く泣く申す、「この十五日になむ、月の都より、かぐや姫の迎へに[九]まうで来《く》なる。尊《たふと》く問はせ給ふ。この十五日は、人々賜はりて、月の都の人まうで来《こ》ば捕《とら》へさせむ」と申す。

御使、帰り参りて、翁の有様《ありさま》申して、奏《そう》しつることども申すを、聞こしめして、のたまふ。「一目[一〇]見給ひし御心にだに忘れ給はぬに、明け暮れ見慣れたるかぐや姫をやりて、いかが思ふべき」。

世の語法の混入と見る説もある。
蓬左本「つかはす」。
七 前に「翁、年七十に余りぬ」（一三頁）とあり、誤写説や成立の次元の差を読む説もあるが、表現意識の差と見るべきであろう。一三頁注一一参照。
八 底本「けり」。諸本により改めた。
九 「まうで」は、上代の動詞「まゐ」（連用形だけ残り、活用の種類不明）に「づ（出）」の付いた「まゐづ」の転。謙譲語。帝への敬意を表す。「来なる」の「なる」は伝聞・推定の助動詞。
一〇 このあたり「見給ひし」「御心」「忘れ給はぬ」と帝が自己を敬う用法が重なる。〔補注27〕

かの十五日、司々《つかさづかさ》に仰《おほ》せて、勅使《ちょくし》、[一]少将高野大国《たかののおほくに》といふ人を指《さ》して、[二]六衛《ろくゑ》の司あはせて二千人の人を、竹取が家に遣《つか》はす。家にまかりて、築地《ついぢ》の上に千人、屋《や》の上に千人、家の人々多かりけるに合はせて、空《あ》ける隙《ひま》もなく守らす。この守る人々も、弓矢を帯《たい》して[三]をり。屋《や》の内には、女ども番《ばん》[四]にをりて守らす。

嫗《おうな》、[五]塗籠《ぬりごめ》の内に、かぐや姫を抱《いだ》かへてをり。翁《おきな》も、塗籠の戸鎖《さ》して、戸口にをり。翁のいはく、「かばかり守る所に、天の人にも負けむや」と言ひて、屋の上にをる人々にいはく、「つゆも、物、空に翔《かけ》らば、ふと射殺《いころ》し給へ」。守る人々のいはく、「かばかりして守る所に、[六]蝙蝠《かはほり》一つだにあらば、まづ射殺して、外に曝《さら》さむと思ひ侍《はべ》る」と言ふ。翁、これを聞きて、頼もしがりをり。

これを聞きて、かぐや姫は、「鎖《さ》し籠《こ》めて、守り戦ふべき下組みをしたりとも、あの国の人を、[七]え戦はぬなり。弓

一 後文（六二・六三頁）に三か所出てくる「中将」を同一人と解し、誤写と見て改める説もあるが採らない。
二 近衛・兵衛・衛門の三府が各左右に分れ、合せて六衛府という。弘仁二（八一一）年十一月に制定された。物語の成立年代を知る一つの根拠。
三 底本「おも」。通説は底本の表記を下につづけ「母屋」とするが、中古語では「もや」といい、「おもや」といわない。諸本により、「居り」の意に解した。
四 底本「おりて」。武藤本「をりて」に従う。〔補注28〕
五 母屋（もや）の一部を仕切って周囲を厚く壁で塗り込め、明かり窓をつけ、妻戸から出入りする部屋。
六 底本「かはり」。『解』の説により改めた。一説に「蚊ばかり」。

矢して射られじ。かく鎖し籠めてありとも、かの国の人来《こ》ば、みな開《あ》きなむとす。合[八]ひ戦はむとすとも、かの国の人来《き》なば、猛《たけ》き心つかふ人も、よもあらじ」。翁《おきな》の言ふやう、「御迎へに来《こ》む人をば、長き爪《つめ》して、眼《まなこ》を摑《つか》み潰《つぶ》さむ。さ[九]が髪を取りて、かなぐり落さむ。さが尻《しり》をかき出《い》でて、ここらの公人《おほやけびと》に見せて、恥《はぢ》を見せむ」と腹立ちをる。

かぐや姫いはく、「声高《こわだか》[一〇]になのたまひそ。屋《や》の上にをる人どもの聞くに、いとまさなし。いますがり[一一]つる心ざしどもを思ひも知らで、まかりなむずることの、口惜《くちを》しう侍《はべ》りけり。長き契《ちぎり》のなかりければ、程なくまかりぬべきなめりと思ひ、悲しく侍るなり。親たち[一二]の顧《かへり》みを、いささかだに仕《つか》うまつらで、まからむ道もやすくもあるまじきに、日ごろも出で居て、今年ばかりの暇《いとま》[一三]を申しつれど、さらに許されぬによりてなむ、かく思ひ嘆き侍る。御心をのみ惑《まど》はして去りなむことの、悲しく堪へ難く侍るなり。かの都の人

七　対人関係の動作の対象を示す格助詞。「に」に比べて、動作主体の積極的意志がうかがえる用法。……を相手として、の意。
八　「合ふ」は、二つのものが近寄ってぶつかる意。
九　「さ」は他称の代名詞。卑しめ、ののしる意に用いる。そいつ。
一〇　「正無し」で、正しい状態でないことから、不都合だ、みっともない、の意。
一一　「いますがり」は「あり」の尊敬語。「ありつる心ざしども」とは、これまで翁が姫に示した数々の志をいう。
一二　「たち」は、尊敬の気持を含んだ複数の意を表す接尾語。「親たちの」は、親たちへの、親たちに対する、の意。
一三　月世界の生活や任務から離れている期間（＝いとま）の延長を申し出たが、の意。

は、いとけうらに、老いをせずなむ。[一]思ふこともなく侍るなり。さる所へまからむずるも、いみじく侍《はべ》らず。老い衰へ給へるさまを見奉《たてまつ》らざらむこそ、[二]恋しからめ」と言ひて、[三]翁《おきな》、「胸痛きこと[四]なし給ひそ。[五]麗《うるは》しき姿したる使《つかひ》にも障《さは》らじ」と、妬《ねた》みをり。

かかるほどに、[六]宵《よひ》うち過ぎて、[七]子《ね》の時ばかりに、家のあたり、昼の明かさにも過ぎて光りたり。望月《もちづき》の明かさを十《とを》合はせたるばかりにて、ある人の毛の穴さへ見ゆるほどなり。大空より、人、雲に乗りて降《お》り来て、土より五尺ばかり上がりたるほどに、立ち列《つら》ねたり。内外《うちと》なる人の心ども、物におそはるるやうにて、合ひ戦はむ心もなかりけり。からうして思ひ起して、弓矢を取り立てむとすれども、手に力もなくなりて、萎《な》えかかりたる中に、心さかしき者、念じて射《い》むとすれども、外《ほか》ざまへいきければ、[八]荒れも戦はで、心地ただ痴《し》れに痴れて、まもりあへり。

一 下に「侍る」などが省略。
二 「恋し」は、相手に身も心も引かれる、の意。
三 順接の因果関係を示す接続助詞。……ので、……ものだから、の意。
四 サ変動詞。ここでは「言ふ」の代用動詞。古本「の給ひそ」。
五 〔補注29〕
六 日没から夜中にいたる間。
七 午前零時を中心とした二時間。
八 「荒れ」(自動下二)は、荒々しくなる、激しくなる意。ただし、「荒れ戦ふ」の用例は他にない。古本は「あひもたゝかはて」。
九 空中を飛行する車。〔補注30〕
一〇 羅蓋の中で、の意。羅蓋は貴人の頭上にさしかけるもの。一説に、「立てる人ども」の中で。
一一 「幼し」は、分別がない、

立てる人どもは、装束《さうぞく》のきよらなること、物にも似《に》ず。九飛ぶ車一つ具したり。羅蓋《らがい》差したり。一〇その中に王《わう》とおぼしき人、家に、「造麻呂《みやつこまろ》、まうで来《こ》」と言ふに、猛《たけ》く思ひつる造麻呂も、物に酔《ゑ》ひたる心地して、うつ伏しに伏せり。いはく、「汝《なんぢ》、一一幼き人。いささかなる一二功徳《くどく》を、翁つくりけるによりて、汝が助けにとて、片時《かたとき》の程とて下《くだ》ししを、そこらの年ごろ、そこらの黄金《こがね》一三賜ひて、身を変へたるがごとなりにたり。かぐや姫は、罪《つみ》をつくり一四給へりければ、かく賤《いや》しきおのれがもとに、しばしおはしつるなり。罪の限《かぎ》り果てぬれば、かく迎ふるを、一五翁《おきな》は泣き嘆く。能《あた》はぬことなり。はや返し奉《たてまつ》れ」と言ふ。

翁、答へて申す。「かぐや姫を養ひ奉ること、一六二十余年になりぬ。『片時』とのたまふに、一七あやしくなり侍《はべ》りぬ。また異所《ことどころ》に、かぐや姫と申す人ぞおはしますらむ」と言ふ。「ここにおはするかぐや姫は、重き病《やまひ》をし給へば、え出《い》で

愚かだ、の意。「汝」も「幼き人」も、翁への呼びかけ。四六頁注四参照。
一二　仏教語。現在・未来に幸福をもたらすよい行い。
一三　「賜ひて」は下さるので。「賜ふ」は、「与ふ」の尊敬語。主語は、話し手の使者が仕える月の都の主と考えたい。
一四　会話の中で、かぐや姫に尊敬語を用いている点に注意。姫は月の都の人の中でも尊い身分、貴種であった。
一五　底本「を」なし。諸本により改めた。
一六　かぐや姫は生まれて三か月で成人し、大勢の求婚者の「妻どひ」、五人の貴族の求婚、帝との交情など、一話三年を基準とした算出法によったもの。
一七　翁の体験した二十余年と、天人の言う片時とは余りに違うので変だ、別人だろうと逃げを打つポーズ。

おはしますまじ」と申せば、その返事《かへりごと》はなくて、屋《や》の上に飛ぶ車を寄せて、「いざ、かぐや姫。一穢《きたな》き所に、いかでか久しくおはせむ」と言ふ。立て籠《こ》めたる所の戸、すなはち、ただ開《あ》きに開《あ》きぬ。格子《かうし》どもも、人はなくして開きぬ。嫗《おうな》抱《いだ》きて居《ゐ》たるかぐや姫、外《と》に出《い》でぬ。え留《とど》むまじければ、たださし仰《あふ》ぎて泣きをり。

竹取、心惑《まど》ひて泣き伏せる所に寄りて、かぐや姫言ふ。「二ここにも、心にもあらでかくまかるに、昇《のぼ》らむをだに見送り給へ」と言へども、「三何しに、悲しきに、見送り奉《たてまつ》らむ。われを、いかにせよとて、捨てては昇《のぼ》り給ふぞ。具《ぐ》して率《ゐ》て四おはせね」と、泣きて伏せれば、御心惑《まど》ひぬ。「文《ふみ》を書き置きてまからむ。恋しからむ折々、取り出《い》でて見給へ」とて、うち泣きて書く言葉は、

この国に生まれ五ぬるとならば、六嘆かせ奉らぬ程まで侍《はべ》らで過ぎ別れぬること、かへすがへす本意《ほい》なくこそ覚え侍

一 この世を穢土（えど）と見る仏教思想を示す。
二 「ここ」は自称の代名詞。多く格助詞「に」を伴う。私。
三 下文の「見送り……」にかかる。
四 「おはせ」は当時サ変が普通なので、その未然形に付く「ね」は誂（あつら）え望む意の終助詞となるが、この「ね」は上代の語法で平安時代には例がないため、異例だが翁の会話に用いて古めかしさを強調した表現と見る。
五 下の格助詞「と」は普通、終止形を承けるが、「ぬる」は連体形なので感動的な表現と解される。
六 「嘆かせ奉らぬ程」とは、両親が生きている間なら生き別れとなって嘆かせることになるから、両親が亡くなるまで、の意。「侍らで」はお側に仕えないで、の意。

れ。脱ぎ置く衣《きぬ》を形見と見給へ。月の出でたらむ夜は、[七]見おこせ給へ。見捨て奉りてまかる空よりも、落ちぬべき心地する。

と書き置く。

天人の中に持たせたる箱あり。[八]天《あま》の羽衣《はごろも》入れり。またあるは、[九]不死の薬入れり。一人の天人言ふ、「壺《つぼ》なる御薬奉[一〇]れ。穢《きたな》き所の物[一一]聞こしめしたれば、御心地悪《あ》しからむものぞ」とて、持《も》て寄りたれば、いささか嘗《な》め給ひて、少し形見とて、脱ぎ置く衣に包《つつ》まむとすれば、ある天人包ませず、[一二]御衣《みぞ》を取り出でて着せむとす。その時に、かぐや姫、「しばし待て」と言ふ。「衣[一三]着せつる人は、[一四]心異《こと》になるなりといふ。物一言《ひとこと》、言ひ置くべき事ありけり」と言ひて、文《ふみ》書く。天人、遅しと、心もとながり給ふ。かぐや姫、「物知らぬことなのたまひそ」とて、いみじく静かに、[一五]朝廷《おほやけ》に御文奉《たてまつ》り給ふ。[一六]あわてぬさまなり。

七　「おこす」は、向うからこちらを、の意。地上から姫のいる月の都を見ることをいう。

八　天人の衣裳。古代伝承では空中飛行の具。この物語では非情の天人に変身する具として機能し、飛行には別に「飛ぶ車」が用意されている。

九　飲むと、長生きができ、また仙人にもなれるという薬。

一〇　「飲む」の尊敬語。

一一　「飲む、食ふ」などの尊敬語。

一二　底本「御そ」。「天の羽衣」のことなので、多くの他本「みそ」で訓む。

一三　「着せつる」の主語は、天人。

一四　心が地上の人とは異なってしまう意。かぐや姫が地上の人の立場から発言している。

一五　ここは、帝・天皇の意。

一六　天人の「心もとながり給ふ」と対照的な描き方に注意。

かくあまたの人を賜ひて留《とど》めさせ給へど、許さぬ迎へまうで来て、取り率《ゐ》てまかりぬれば、口惜《くちを》しく悲しきこと。一宮仕へ仕《つか》うまつらずなりぬるも、かくわづらはしき身にて侍《はべ》れば、心得ず思《おぼ》しめされつらめども、心強く承《うけたまは》らずなりにしこと。なめげなる者に思しめし留められぬるなむ、心にとまり侍りぬる。二

とて、

今はとて天《あま》の羽衣《はごろも》着る折ぞ君をあはれと思ひ出《い》でける

とて、壺《つぼ》の薬添へて、三頭中将《とうのちゆうじやう》呼び寄せて奉らす。中将に、天人取りて伝ふ。中将取りつれば、ふと天の羽衣うち着せ奉りつれば、翁《おきな》を四いとほし、五愛《かな》しと思しつることも失《う》せぬ。この衣《きぬ》着つる人は、物思ひなくなりにければ、車に乗りて、百人ばかり天人具《ぐ》して、昇りぬ。

一 以下の文脈については、そのたどりかたに諸説があるが、承接の関係を論理的に整理すれば、①「宮仕へ……なりぬるも」②「心得ず……つらめども」③「かく……侍れば」④「心強く……こと」となり、体言止めで一応の終止を見る。が、倒叙や挿入句を交錯させた表現法は、女性の文体の特性をむしろ如実に捉えたものとして注目されよう。

二 底本「ぬ」。上の「なむ」の結びとして補った。

三 蔵人所（くろうどどころ）の長官（＝頭）を兼ねた近衛中将。頭を含む蔵人所の設置が弘仁元（八一〇）年であることから、物語の成立はそれ以後とされる。

四 翁の悲嘆がつらくて、目をそむけたい気持をいう。

五 痛切に愛情を覚える意。

六 漢語の「血涙」の訓読語。

十　富士の煙

その後《のち》、翁《おきな》、嫗《おうな》、六血の涙を流して惑《まど》へど、甲斐《かひ》なし。あの書き置きし文《ふみ》を読みて聞かせけれど、「何せむにか、命も惜しからむ。誰《た》がためにか。七何事も用もなし」とて、薬も食《く》はず、やがて起きも上がらで、病《や》み臥《ふ》せり。

中将、人々引き具して帰り参りて、かぐや姫をえ戦ひとめずなりぬる、こまごまと奏《そう》す。薬の壺《つぼ》に御文添へて八参らす。拡《ひろ》げて御覧じて、いとあはれがらせ給ひて、物も九きこしめさず、御遊びなどもなかりけり。

大臣・一〇上達部《かんだちべ》を召して、「いづれの山か天に近き」と問はせ給ふに、ある人奏す、一一「駿河《するが》の国に一二あるなる山なむ、この都も近く、天も近く侍《はべ》る」と奏す。これを聞かせ給ひて、

悲嘆の極みに流す涙。「嗚呼微之、六十衰翁、灰心血涙」（『白氏文集』巻六九）。

七 下に「命も惜しからむ」を省略。かぐや姫を失った今、命を惜しんで長生きする必要は全くない、の意。

八 「参る」（謙譲語）をさらに強めた語。

九 六一頁注一一参照。

一〇 大臣・大納言・中納言、三位以上の殿上人および参議（四位）。ただし、ここは大臣を並記しているので、大納言以下をさす。「かんだちめ」とも。底本は漢字表記。

一一 現在の静岡県東部（伊豆半島を除く）地方。

一二 「あるなる」は、ラ変動詞連体形に伝聞・推定の助動詞がついた珍しい表記例。下文「あなる」とある形が通例で、上代の「ありなり」（『古事記』）の音便「あンなり」の撥音無表記。

逢ふことも一涙《なみだ》に浮かぶわが身には死なぬ薬も何《なに》にかは
せむ

かの奉《たてまつ》る不死の薬に、二また壺《つぼ》具して、御使《みつかひ》に賜はす。勅使には、調石笠《つきのいはかさ》といふ人を召して、駿河の国にあなる山の頂《いただき》に持《も》てつくべき由《よし》、仰《おほ》せ給ふ。嶺《みね》にてすべきやう教へさせ給ふ。御文、不死の薬の壺並べて、火をつけて燃やすべき由《よし》、仰《おほ》せ給ふ。その由承《うけたま》はりて、三士《つはもの》どもあまた具して山へ登りけるよりなむ、その山を四「富士の山」とは名づけける。その煙《けぶり》、いまだ雲の中へ立ち昇《のぼ》るとぞ、言ひ伝へたる。

「あるなり」は誤写・改変を経た後世的表記か。

一 「涙」に「無み」をかける。

二 不死の薬は壺に入っていたので意味不通として諸説あるが、本文改訂以前に「また」の解釈として、いったん取り出した薬に再び壺を添えて、と試解。

三 もと武器・武具をさす語。転じて、それを用いる武士をいう。ここは後者。

四 「士」が大勢山に登ったので「士に富む山」という洒落。「不死の薬」を焼いたから「ふじ」かと思う読者の予想を覆し、併せて正史の表記「富士」の謎解きをした。記録の上では『続日本紀』(延暦十六〈七九七〉年成立)に記載されて以来、諸書に見える。

補注

九ページ

1 物語発端の表現には上代以降、「古《いにしへ》」「昔」が多く、「今は昔」は現存する物語の中では『竹取物語』が初出。単なる過去を表示する語句ではなく、「今」と「昔」を峻別する新しい虚構方式で、後世、説話物語に慣用される形式とは同列に扱うべきではない。これを承ける結びの語が「けり」であることも、「けり」の語原が「来在り」だとすれば、事態のなりゆきが、ここまで来ていると今の時点で認める気持ちを表示する語であり、それはこれまで気づかなかった、記憶になかった「翁」を今の時点で認めようとする表現体であることを示すことになる。上代の「古」や「昔」が「けり」ではなく「き」で結ばれる形式であるのは、その中に登場する人物を自己体験の過去において知っている認識であり、「けり」とは対蹠的である。『竹取物語』に登場する「翁」は、語り手によって未知の存在として強調される必要があった。それは「といふ」の表現を伴うことでいっそう確かとなる。自己体験の世界から未知の伝承世界に想像力を解き放つことで、虚構を必然化する方法を獲得した最初の証跡が「今は昔……けり」である。

2 『さぬぎ』は、翁が姓なり。諸本、さるき、或はさかきと有を、類本に従て改つ。大秀、既に、さぬぎの誤ならむと云置つるが、按に不違《タガハ》ざりき。姓氏録に、右京皇別『讃岐《ノ》公《ハ》、大足彦《ノ》忍代別天-皇《ノ》々子、五十香足《ラン》彦《ノ》命《ノ》之後《ナリ》』とあれど、是《コ》は誤にて、又和泉国皇別ニ『酒部《ノ》公《ハ》、讃岐《ノ》公同-祖、神櫛別命景行天皇々子之後《ノ》也』と有は、宜しき由、師《ノ》「記伝」廿六の巻ノ廿四、説なり。朝臣《アソミ》の姓《カバネ》を賜《タビ》し事、『続後紀』巻五ノ六丁に見え、和気朝臣《ノ》と改給ひし事、『三代実録』巻九ノ八丁に見ゆ。此姓ならむと思はるゝ由は、下、十三丁に云《ヒ》き」（『竹取翁物語解』）とある。

3　新井本「あり」とあるほか、諸本「ありける」。

4　「三寸ばかり」は約一〇センチメートルだが実数ではない。後文の翁の発言の中に「竹の中より見つけ聞こえたりしかど、菜種の大きさおはせしを」（五三頁）ともある。次頁「三月ばかり」の注参照。

5　いわゆる掛けことばだが、ここは会話に用いられ、後文で翁の「くれ竹のよよの竹とり野山にもさやはわびしき節をのみ見し」の詠歌に用いられた修辞ともからめて、無位無官の翁の人物造型は注目に値する。

一〇ページ

6　上代の裙《くん》から変化したもの。これをつけて初めて成人のしるしとした。

7　「けそう」は「顕証」で目立つ意。ただし容貌が顕証という例はないので、古本などで改めた。「けうら」は「清ら」の発音表記。「光満ちて、けうらにて居たる人あり」（四九頁）。

一三ページ
8　当時は四十歳（「不惑」）以上を「老い」と見なし「翁」と称したが、七十歳を死期に近い年齢に見立てる根拠は「人生七十古来稀」（杜甫「曲江詩」）に拠っていよう。
一七ページ
9　古くは寺院の食堂《じきどう》に安置し、その前に鉢を置いて毎日食物を供えた。
一九ページ
10　ここは「蓬萊の珠の枝」のはずが、流言で「優曇華」に変わった点、『今昔物語集』に見える竹取説話の原型と関係付ける説がある。
二四ページ
11　内匠寮は中務省に属し、金銀工・玉石帯工・鋳工・銅鉄工など多数の工匠がいて、調度の製作・装飾などを行った。
三一ページ
12　「さは……見給へ」までを上に続けて大臣の会話と見る説もあるが、下の「と言へば」に敬語がないのが疑問。翁の会話として、「申す」の用法を、①慣用句の「さはいふとも」の丁寧語と見る。②翁が大臣と同じ意見であったことを、大臣または姫に申しても、の意。③唐人が大臣に申しても、の意、など諸説があるが、上の「かくなむ（姫が）申す」を、改めて仮定条件として示した表現と解したい。

三四ページ

13 「もとの妻どもは」を直接承ける文が下にないことから、①「去りて」「返して」などの文が脱落した、②「かぐや姫をかならず婚はむ設けして」を挿入句とし、「ひとり明かし暮らし給ふ」につづく、など諸説がある。①は異本に「かへし給ひて」とあり、後文に「これを聞きて離れ給ひしもとの上は」(三八頁)とあるので有力だが、「ひとり……」の中にその意をこめた表現と解した。

三七ページ

14 広義の神経疾患で、下半身不随症の総称(服部敏良『平安時代医学の研究』)。

三九ページ

15 私見は武田本の「はらかくか」を「腹懸くる(「か」は「る」の誤写)」と解し、卵の上に腹をのせる、腹に抱える意と見る。上の「腹になき」の対照的表現。「かくる(下二段)」は「なむ」の結び。

16 「つく」は束柱(棟と梁の間を支える短い柱)、また燕は穴に巣作りしないので「あな」は「ある」の誤写と見る。「柱　ツク」(『名義抄』)。現在、方言で支柱を「つく」という。

四二ページ

17 通説が「覚え」を思いつく、感づくと解するのに対し、私見は、思い出すの意とする。

倉津麻呂から採卵の秘訣を習った中納言は他言しなかった由、上に見える。秘訣を知っているのはわしぐらいだ、の意。

四四ページ

18　五人の求婚者の失敗のうち、かぐや姫が多少の同情を示したのは、この中納言だけで、さらに下文に「思しけり」と敬語を用いる。

四七ページ

19　脚注九の謙譲語とともに特殊な用法。一説に、語り手の意識の反映と見る。

20　「六条になんはんべりたまふ」（『東南院文書仮名消息』）。

四九ページ

21　「つととらへて、さらにゆるし聞えず」（『源氏物語』紅葉賀巻）。「とす」は推量（または打消推量）の助動詞の終止形に付いて、上の文意を強める表現。「人やは知らむとする」（『源氏物語』手習巻）。

22　自称の「おのが」は、女性の場合、老女または女の妖怪に用いる。ここは変化《へんげ》の者としてのかぐや姫を表現する方法。『源氏物語』夕顔巻に、「御枕上にいとをかしげなる女ゐて、『おのがいとめでたしと見奉るをば、尋ね思ほさで……』」とあり、女の妖怪が自称に「おのが」を用いているが、六条辺りに住む高貴な女の侍女が変化したすがたと考えられる。

23　肩にかつぐ輦《れん》と手で腰に支える手輿《たごし》とがあり、輦は屋形の形によって鳳輦《ほうれん》・葱花輦《そうかれん》などがあった。晴儀でない通常の行幸には後者を用いた。

五一ページ

24　平安文学の表現に限れば『白氏文集』(巻一四「贈内」)「月明ニ対シテ往時ヲ思フ莫カレ、君ガ顔色ヲ損ジ君ガ年ヲ減ゼン」の影響は無視できまい。「大方は月をもめでじこれぞこの積もれば人の老いとなるもの」(『古今集』雑上、業平)。

五四ページ

25　カラシナはアブラナ科の越年草。ごく小さな物のたとえ。前には「三寸ばかりの人」(九頁)とあったが、ここは微小さを強調し、養育の労苦を訴えた誇張表現。

26　「大きさ」(主語)が「おはせし」(述語)と解するのが語法的に正しいが、ここでは「菜種の大きさ」が微小なもののたとえに用いられているため、連用修飾語の働きをもつと見て、現代語訳では「……でいらっしゃる」とした。

五五ページ

27　この時代には少ない敬語表現で、語り手の意識の投影と見る説もあるが、特異な自敬表現と考えたい。津田博幸「古代王権のことば――宣命と自尊敬語をめぐる言語生活史的考察――」(赤坂憲雄編『王権の基層へ』新曜社刊)参照。

五六ページ

28『うつほ物語』（「楼の上」下巻）に「番をゝりてさぶらはせ給ふ」とあるが、意味は異なる。ここは「居り」で、見張り番として控える意。

五八ページ

29 平安初期の国語資料では例外なく「ウルワシ」と表記。ハ行音がワ行音に転じた早い例の一。仏典の「綺麗」「艶」等の訓読語に用い、和文系の語意とは別に、男性用語として異国的な艶麗《えんれい》さを表示した。

30「雲にだに心をやらば大空に飛ぶ車をばよそながら見む」（『うつほ物語』菊の宴巻）。

現代語訳

一　かぐや姫の生い立ち

今ではもう昔のことだが、竹取の翁《おきな》という者がいた。野山に分け入って竹を取っては、いろいろなことに使っていた。名を讃岐《さぬき》の造《みやつこ》といった。その竹の中に、根もとが光る竹が一本あった。不思議に思って、近寄ってよく見ると、竹筒《たけづつ》の中が光っている。筒の中を見ると、三寸ぐらいの人が、たいそう可愛《かわい》らしい姿ですわっている。翁が言うことには、「わたしが毎朝毎夕見る竹の中にいらっしゃるので、わかりました。あなたは、竹から作る籠《こ》のように、わたしの子《こ》におなりになるはずの人のようです」と言って、掌《てのひら》に入れて、家へ持って帰った。妻の嫗《おうな》に預けて、育てさせる。可愛らしいこと、この上もない。たいそう幼いので、籠《かご》に入れて育てる。

竹取の翁が竹を取ると、この子を見つけて後《のち》に竹を取ると、節《ふし》をあいだにおいて、その両側にある空洞ごとに、黄金の入っている竹を見つけることがたび重なった。こうして、翁はしだいに裕福になってゆく。

この幼児は、育てるうちに、ぐんぐんと成長してゆく。三か月ぐらいになるころに、一人前の大きさの人になってしまったので、髪上げの祝いなど佳《よ》い日を占い定めて、髪を上げさせ、裳《も》を着せる。帳《とばり》の中から外へも出さず、大事に育てる。この子の容貌《ようぼう》の美しいことは、世にたぐいがなく、家の中は暗い所がなく、隅々まで光が満ちている。翁《おきな》は気分が悪く苦しい時も、この子を見ると、苦しいこともなくなってしまう。腹立たしいこともまぎれてしまうのであった。

翁は、竹を取る生活が長い間続いた。それで富豪になってしまった。この子がたいそう大きくなったので、御室戸《みむろと》斎部《いんべ》の秋田を呼んで名をつけさせる。秋田は、なよ竹のかぐや姫とつけた。この間、三日というものは、宴会を催し管絃《かんげん》を奏する。あらゆる歌舞の宴をしたのである。男は誰《だれ》でもかまわず呼び集めて、たいそう盛大に管絃を奏する。

二　貴公子たちの求婚

世の中の男は、身分の高い者も低い者も、なんとかしてこのかぐや姫を手に入れたいものだ、妻にしたいものだと、噂《うわさ》に聞いてはすばらしいと感じ入り、心が乱れる。翁の家の周りの垣根《かきね》にも、また家の門にも——家人であっても容易に見られそうもないのに、夜は安眠もせず、闇夜《やみよ》に出かけては——穴をえぐり、中をのぞいて見ては、誰も彼も心が乱れた。その時から、求婚のことを「よばひ」とは言ったのだった。

人が問題にしない場所にも心が乱れて歩き回るが、なんの効果もありそうに見えない。家の人たちにせめて何か言おうと思って話しかけるけれども、家人は相手にもしない。家の近くを離れない貴公子たちで、そこで夜を明かし、日を暮らすものが大勢いる。あまり熱心でない人は、「むだな出歩きは、つまらないことだ」と言って、来なくなってしまった。

　その中で、相も変わらず言い寄ったのは、世間で色好みといわれる者だけ五人で、姫をあきらめずに、夜も昼も通って来たのであった。その名は、石作《いしつくり》の皇子《みこ》・庫持《くらもち》の皇子・右大臣阿部御主人《あべのみうし》・大納言《だいなごん》大伴御行《おおとものみゆき》・中納言石上麻呂足《いそのかみのまろたり》、この人々であった。世間にいくらでもいる女であっても、少しでも容貌が美しいと聞いては、わが物にしたがる人たちであったから、かぐや姫を自分のものにしたくて、食う物も食わず思い続け、姫の家に行って、行きつ戻りつして回るが、効果がありそうにもない。手紙を書いて送るけれども、先方は返事もしない。嘆きの歌など書いて姫のもとに寄こすけれども、その甲斐《かい》もないと思うが、十一月・十二月の雪が降り氷の張るときにも、六月の太陽が照りつけ雷がゴロゴロ鳴るときにも、差し支えずにやって来た。

この人たちは、ある時は竹取の翁《おきな》を呼び出して、「娘をわたしにください」と伏し拝み、手をすり合わせておっしゃるが、「わたしがつくった子ではないから、思いどおりにはならずにおります」と言って、月日を過ごす。こんなふうだから、この人たちは、家に帰って、物思いをし、神仏に祈り、願《がん》を立てる。とても思いとどまりそうもない。いくらなんでも、結局は男と結婚させないはずはないと思って、期待している。そして、わざと姫への深い思いを家人に見られるように歩き回る。

これを見つけて、翁がかぐや姫に言うには、「わたしの大事な子よ。そなたは化生《けしょう》の人とは申すものの、こんな大きさになるまで養い申すわたしの気持は、並大抵《なみたいてい》ではありません。この爺《じい》がこれからお話し申すことは、なんとか聞いてくださるでしょうね」と言うと、かぐや姫は「どんなことでも、お話しくだされば、うけたまわらないことがありましょうか。わたしは化生の者とかでございましたそうですが、そんな身の上とも知らず、ただ親とばかり思い申しております」と言う。翁は「嬉《うれ》しいことをおっしゃるものですね」と言う。「この爺は、もう齢《よわい》七十を超えてしまった。命のほどは今日明日とも知れません。この世の人は、男は女と結婚する、また女は男と結婚する。そうしたあとで一門が繁栄するのです。どうして結婚せずにいらっしゃってよいものでしょうか」。かぐや姫の言うことには、「どうして、結婚などいたしましょうか」と言うと、「あなたは化生の人とはいっても、女性の身体《からだ》をもっていらっしゃる。この爺が生きている間は、独身のままでもおいでになれましょうよ。この人たちが、長い年月にわたって、このように一途《いちず》においでになってはおっしゃることを、よく判断して、その中の一人と結婚して差し上げなさいませ」と言うと、かぐや姫の言うには、「美しくもない容貌《ようぼう》を知らず、相手の深い気持も知らないで結婚し、もし相手が浮気心を起したならば、後悔することにもなるでしょうに、と思うだけなのです。天下の貴人であっても、深い愛情を知らないでは、結婚しにくいと思うのです」と言う。

翁の言うことには、「わたしの思うとおりにおっしゃいますね。いったい、どのような愛情の持ち主なら結婚しようとお思いですか。どなたもこんなに愛情が並大抵でない人たちだと思われますが」。かぐや姫の言うには、「どれほどの深い愛情を見たいというのではありません。ほんの少しのことなのです。この人たちの愛情は、みな同じようにうかがわれます。どうして、その中で優劣がわかりましょうか。五人の中で、わたしが見たいと思っている物を見せてくださる方《かた》があれば、その方に、愛情がまさっているとして、お仕え申しましょうと、その人たちがそこにいらっしゃるなら申し上げてください」と言う。

「それは結構なことです」と翁《おきな》は承知した。

三　五つの難題——仏の御石《みいし》の鉢《はち》

日が暮れるころ、いつものように集まった。ある者は笛を吹き、ある者は歌をうたい、ある者は楽譜を口でうたい、ある者は口笛を吹き、ある者は扇で拍子《ひょうし》をとりなどするところに、翁が出てきて言うことには、「もったいなくも、このむさ苦しい住まいに、長い年月にわたってお出《い》でくださいますこと、この上もない恐縮《きょうしゅく》に存じます」と申し上げる。「『爺《じい》の命は、今日明日ともわからぬから、こう言ってくださる貴公子たちに、よく考え定めてお仕え申せ』と姫に申しますと、姫も『もっともです。どのお方《かた》も優劣がおありにならないから、ご愛情の深さはよく考え定めてみて初めてわかるでしょう。お仕え申す場合は、その結果で決めましょう』と言うので、これはよいことです。お互いの恨みも残らないでしょう」と言う。五人の人々も、「よいことです」と言うので、翁は、中に入ってかぐや姫に言う。

かぐや姫は、「石作《いしつくり》の皇子《みこ》には、仏の御石の鉢という物があります。それを取って来て、わたしにください」と言う。「庫持《くらもち》の皇子には、東の海に蓬萊《ほうらい》という山があるそうです。その山に銀を根とし、金を茎とし、白い珠《たま》を実《み》として立っている木があります。それを一枝、折って来ていただきたい」と言う。「もう一人には、唐土《もろこし》にある火鼠《ひねずみ》の皮衣《かわぎぬ》をください。大伴《おおとも》の大納言《だいなごん》には、竜《たつ》の頸《くび》に五色に光る珠《たま》があります。それを取って来てください。石上《いそのかみ》の中納言には、燕《つばめ》の持っている子安貝《こやすがい》を取って来てください」と言う。翁は、「できそうもないことのようですね。日本にある物でもない。こんなにむずかしいことを、どうして申せましょう」と言う。かぐや姫は、「なんのむずかしいことがありましょう」と言うので、翁は「ともかくも、申し上げてみよう」と言って、貴公子たちの前に出て、「このように申します。娘の申すようにお見せください」と言うので、皇子たち・上達部《かんだちべ》は聞いて、「おだやかに、『せめて、このあたりを通って行くことだけはしてくれるな』とはおっしゃれないものか」と言って、うんざりして、みな帰ってしまう。

でもやはり、この女と結婚しないでは生きていられそうもない気持がするので、天竺《てんじく》にある物も持って来ずにおくものか、とあれこれ思案して、石作の皇子は、心構えのある人なので、天竺に二つとない鉢を、百千万里の道のりを行ったところで、どうして手に入れられようかと思って、かぐや姫のところには、「いよいよ今日、天竺《てんじく》へ石の鉢《はち》を取りに行かせていただきます」と知らせておいて、三年ほどたってから、大和《やまと》の国十市《とおち》の郡《こおり》にある山寺に、賓頭盧《びんずる》の前にある鉢で、まっ黒に煤墨《すすずみ》がついているのを取って、錦《にしき》の袋に入れて、造花の枝につけて、かぐや姫の家に持って来て見せたので、かぐや姫が不思議《ふしぎ》に思って見ると、鉢の中に手紙がある。広げて見ると、

海をわたり山を越え、百千万里の道のりに辛苦《しんく》辛労し尽くして泣き、石のはちのちではないが、血の涙まで流れましたよ。

かぐや姫は、光沢があるかと思って鉢を見るが、蛍《ほたる》ほどの光さえもない。

仏の御石の鉢なら紺青《こんじょう》の光がさすと聞いていますが、この鉢もせめて草葉におく露ほどの光だけでもあればよいのに、この黒さ、いったい小暗《おぐら》いという名の小倉山で何をお求めになったの。

と言って、鉢を出して返す。皇子は鉢を門口《かどぐち》に捨てて、この歌の返歌をする。

白山のように光り輝くあなたに出会って、この鉢も光を失ったかと、がっかりして鉢を捨てましたが、やはり鉢ではない恥を捨てても、あなたのお心を頼みにしていますよ。

と詠《よ》んで、姫のもとに送り入れた。かぐや姫は、もう返歌もしなくなった。耳にも聞き入れなかったので、皇子はうるさく言いまつわったが帰ってしまった。あの鉢を捨ててから、また言い寄ったことがもとで、あつかましいことを「はぢを捨つ」と言うのである。

四　蓬萊《ほうらい》の珠《たま》の枝

庫持《くらもち》の皇子《みこ》は、はかりごとに長じた人で、朝廷には「筑紫《つくし》の国に湯治に行かせていただきたい」と言って、休暇を申し出て、かぐや姫の家には、「珠の枝を取りに行かせていただく」と家来《けらい》に言わせて、都《みやこ》からお下《くだ》りになるので、お供申すべき人々は、みな難波《なにわ》までお送りした。皇子は「ごく内密に」とおっしゃって、お供も大勢は連れていらっしゃらない。お側《そば》近くお仕えする者だけ連れて出発なさり、お送りの人々は、お見送り申し上げて京へ帰った。皇子は筑紫へおいでになったと世間には思われるようにしておかれて、三日ほどたってから、船でお帰りになった。

前もって、手はずはすべてつけておかれたので、その当時、最高の宝ともいうべき鍛冶《かじ》工《こう》六人を召し寄せて、たやすく人が近寄れそうもない家を造って、竈《かまど》の囲いを三重に築いて、その中に工匠《たくみ》らをお入れになっては、皇子も同じ所におこもりになって、工匠に秘密を知らせなさった十六か所すべてを、上のほうに穴を空けて、珠《たま》の枝をお作りになる。

かぐや姫のおっしゃるかたちに違《たが》わず、こしらえあげた。たいそう上手に計略をめぐらし、難波《なにわ》にこっそりと持ち出した。「船に乗って帰って来た」と自分のお邸《やしき》には連絡しておいて、皇子《みこ》は疲れでたいそうひどく苦しがっているふりをして、そこに滞在していらっしゃる。京から迎えの人が大勢伺候《しこう》している。珠の枝を長櫃《ながびつ》に入れ、覆いをかけて京へ持参する。いつ聞いたのか、「庫持《くらもち》の皇子は、優曇華《うどんげ》の花を持って、上京なさった」と大騒ぎをしたのである。これをかぐや姫が聞いて、わたしは、この皇子に負けてしまいそうだと、胸がつぶれる思いでいたのであった。

こうしているうちに、門をたたいて、「庫持の皇子がおいでになった」と告げる。「旅の御装束《ごしょうぞく》のままでおいでになった」と言うので、翁《おきな》がお会い申し上げる。皇子がおっしゃることには、「命を投げ出して、あの珠の枝を持って来たよ」と言って、「かぐや姫にお見せ申し上げてください」と言うので、翁はそれを持って奥に入った。この珠の枝に、手紙が付けてあった。

たとえわが身はむなしくなっても、珠の枝を手折《たお》らずには、決して帰って来なかったでしょう。

姫は珠の枝はもちろん、この歌もすばらしいなどと思わずにいると、そこへ竹取の翁が走りこんで来て言うことには、「この皇子にあなたが申し上げなさった蓬萊《ほうらい》の珠の枝を、一点のまちがいもなく、持っておいでになっています。いまはもう、何を理由にあれこれ申せましょう。旅の御装束のまま、御自分のお邸へもお寄りにならずに、おいでになりました。はやく、この皇子の妻としてお仕え申し上げなさい」と言うので、姫は物も言わずに、頰杖《ほおづえ》をついて、ひどく嘆かわしそうに物思いに沈んでいる。

この皇子は、「今となってまで、何やかやと言うことはできないのだ」と言うやいなや、縁側《えんがわ》に這《は》い上がってしまわれた。翁は、それも道理だと思う。「この日本では見られない珠の枝です。今度はどうしてお断り申せよう。皇子は人がらもよい人でいらっしゃる」などと言って姫の前にすわっている。かぐや姫の言うことには、「親がおっしゃることを、一方的にお断り申したらお気の毒なので、ついあのように申しましたのに」と、取って来られそうもない物を、このように意外にも持って来たことをいまいましく思い、翁は、寝室の中を、整え用意したりなどする。

翁が皇子に申し上げることには、「どういう所に、この木はございましたのでしょう。

不思議なほどうるわしく、すばらしい物でございますな」と申し上げる。皇子が答えておっしゃるには、「一昨々年の二月十日ごろに、難波《なにわ》から船に乗って、大海のまっただ中に出て、どの方角を目ざしたらよいのかわからず心細い思いをしましたが、思うことが成就《じようじゆ》せずに世の中に生きて何になろうかと思ったので、ただもうあてどもない風にまかせて船をやりました。もし命が尽きたならそれまでだ。だが生きている限りは、こうやって航行して、蓬莱《ほうらい》とかいう山に出会うかもと、海をあちこち漕《こ》ぎただよって、日本の領海を離れて外洋を航行してまいりましたところ、ある時は、浪《なみ》が荒れ続き、海底に沈みそうになり、ある時は、風のまにまに知らぬ国に吹き寄せられて、鬼《おに》のようなものが出て来て、わたしを殺そうとしました。ある時には、来た方角も行く先もわからずに、大海で行方不明になるところでした。ある時には、食糧が尽きて、草の根を食い物としました。ある時は、言いようもなく無気味な妖怪《ようかい》が出現して、食いかかろうとしました。ある時には、海の貝を取って、命をつなぎました。

見知らぬ旅先で誰《だれ》も助けてくださるはずもない所に、種々の病気をして、どこへ行くのかさえわからずに、船の行くのに任せて海に漂《ただよ》って、五百日目という日の午前八時ごろに、海上にあるかなきかに山が見える。船の内を、足拍子《あしびようし》を踏んでせき立てるようにして見ます。海の上に漂っている山は、たいへん大きい姿でそこにあった。その山のありさまは、高くてうるわしい。これがおそらく自分の探し求める山だろうと思って、うれしいものの、やはり恐ろしく思われて、山の周りを漕ぎめぐらせて、二、三日ほど様子を見て回ると、天人の服装をしている女が、山の中から出て来て、銀製の椀《わん》を持って、あちこち水を汲《く》み歩いている。これを見て、船から降りて、『この山の名を何と申しますか』と尋ねる。女が答えて言うことには、『これは蓬萊の山です』と答える。これを聞くにつけても、うれしいことは限りもない。この女が『こうおっしゃるあなたは誰ですか』とわたしに尋ねる。女は『わたしの名は、うかんるり』と言って、すっと山の中に入ってしまう。

その山は、見ると、まったく登ることができそうもない。その山のかたわらを回ると、人間世界にはない花の木々が立っている。金色・銀色・瑠璃《るり》色の水が、山から流れ出ている。その川には、さまざまの色の珠で造った橋が渡してある。そのあたりに、照り輝く木々が立っている。その中で、この折り取って持参いたしましたのは、たいへん劣っていたのですが、姫のおっしゃったのに相違してはいけないと思い、この花を折って帰参いたしたのです。

山は限りなくすばらしい。人間世界で比較することはできないほどでしたが、この枝を折り取ってしまいましたら、あとはもう気が気でなく、船に乗って、追い風が吹いて、四百余日で、帰ってまいりました。大願力《だいがんりき》のおかげでしょうか。難波《なにわ》から、昨日都に帰参いたしました。潮《しお》に濡《ぬ》れた衣をも、まったく脱ぎ替えてもしまわずに、こちらへ参上いたしたのです」とおっしゃるので、翁《おきな》はそれを聞いて、感激のあまり溜息《ためいき》をついて詠《よ》んだ歌は、

代々《だいだい》竹取りを業とする者でも、野や山で、そんなに辛《つら》く苦しい目にばかりあったでしょうか。

これを、皇子《みこ》が聞いて、「長い間、辛い思いをしておりました心は、今日はじめてすっかり落ち着きました」とおっしゃって、返歌を、

今まで海水や涙で濡れていたわたしの袂《たもと》は、望みをかなえた今日、すっかり乾いたので、これまでのかずかずの辛苦も自然忘れてしまうでしょう。

とおっしゃる。

こうしている間に、男《おのこ》ら六人が連れ立って庭に現れた。一人の男が、文挟《ふみばさ》みに文書をはさんで申し上げる。「内匠寮《たくみづかさ》の工匠、漢部内麻呂《あやべのうちまろ》が申し上げますことは、珠《たま》の木を作って御奉仕申し上げたこと、五穀《ごこく》を断《た》って千余日にわたって努力したことは、並大抵《なみたいてい》ではありません。それなのに、御褒美《ごほうび》をまだいただきません。これをわたしどもに下さって、つま

らぬ弟子どもにお与えくださってはいかがでしょうか」と言って、文挟みを差し上げている。竹取の翁は、この工匠らが申すことは何事かと首をかしげて控《ひか》えている。皇子は、人心地もないありさまで、肝《きも》をつぶしてそこにすわっていらっしゃる。

この申し立てを、かぐや姫が聞いて、「この工匠が差し出している申し文を取れ」と言って、側《そば》の者に取らせて見ると、申し文で訴えていた内容は、

皇子の君は、千日の間、身分の低い工匠らと、いっしょに同じ場所に隠れ住みなさって、りっぱな珠の枝を作らせなさって、褒美に官職も下さろうと仰せになられました。これを今になって考えますに、御側室《ごそくしつ》におなりになるはずのかぐや姫が、ぜひにとほしがっていらっしゃるに相違ない品だったのだと事情を伺いましては、このお邸《やしき》から御褒美を頂戴《ちょうだい》したいものです。

と言上してあり、「当然いただくべきです」と口でも言うのを聞いて、かぐや姫は、日が暮れるにつれて思い沈んでいた気持も、いまは晴れ晴れと陽気に笑って、翁を呼び寄せて言うことには、「ほんとうに蓬萊《ほうらい》の木かと思ってしまいましたけれど。このようにあきれた偽《いつわ》りごとだったのですから、はやく返してください」と言うと、翁が答える。「はっきりと作らせた物と聞いてしまったので、返すとしても、それはやさしいことです」

と、うなずいて控えている。

かぐや姫の心はすっかり晴れて、さきほどの歌の返歌をする。

ほんとうかと思ってお話を伺い、珠《たま》の枝を見ましたら、黄金の葉ならぬ言の葉で飾ってある枝でした。

と言って、返歌とともに珠の枝も返してしまった。竹取の翁《おきな》は、あれほど皇子《みこ》と意気投合していたのが、さすがに気まずく思われて、目をつぶってすわりこんでいる。皇子は、立ってみてもすわってみても落ち着かないようすで、そこにすわっていらっしゃる。日が暮れてしまったので、こっそり抜け出してしまわれた。

あの愁訴《しゅうそ》をした工匠《たくみ》を、かぐや姫が呼んで庭にすわらせ、「うれしい人たちです」と言って、褒美《ほうび》をたくさんお与えになる。工匠らはたいそう喜んで、「思ったとおりだったよ」と言って帰る。その途中で、庫持《くらもち》の皇子《みこ》が、血の流れるまで工匠らを打擲《ちょうちゃく》させなさる。工匠らは褒美を得たかいもなく、皇子がみな取り上げて捨てさせてしまわれたので、逃げ失《う》せてしまった。

こうして、この皇子は、「一生の恥、これにまさるものはあるまい。女を得ることができなくなってしまったばかりでなく、世間の人が見たり思ったりするとしたら、それは恥ずかしいことだ」とおっしゃって、ただお一人で、深い山へ入ってしまわれた。お邸《やしき》の役人やお仕えしている人々が、みな手分けをして、お探し申すけれども、お亡《な》くなりにでもなったのか、お見つけ申すことができなくなってしまった。皇子が、お供の人にお姿をお隠しなさろうとして、幾年もの間、姿を見られないでいらっしゃったのであった。それからというもの、こうしたことを「たまさかる」とは言い始めたのである。

五　火鼠《ひねずみ》の皮衣《かわぎぬ》

右大臣阿部御主人《あべのみうし》は、財産が豊かで、一族が繁栄している人でいらっしゃった。その年に来航していた唐土《もろこし》の交易船の持ち主の王慶《おうけい》という人のもとに、手紙を書いて、火鼠の皮というものがあるそうだが、それを買って届けてくれ。と書いて、お仕えしている人の中で、心のしっかりした人を選んで、選ばれた小野房守《おののふさもり》という人を、手紙をつけて派遣なさる。房守はその手紙をたずさえ、かの地に到着し、その唐土《もろこし》にいる王慶に金を受け取らせる。王慶は、手紙を広げて見て、返事を書く。

火鼠の皮衣は、この唐土の国にはないものです。噂《うわさ》には聞いていますが、まだ見たこともない物です。もし世の中に実在する物ならば、この唐土《もろこし》の国にもきっと持ってまいるでしょう。たいへんむずかしい取り引きです。しかしながら、もし天竺《てんじく》に万が一にも渡来していたならば、ひょっとして長者の家なんかに尋ね求めたらあるかもしれません。もし実在しないものならば、使者に託して、金はお返し申し上げましょう。

と手紙に書いてある。

あの唐土の船がやってきた。小野房守《おののふさもり》が帰朝して、上京するということを左大臣が聞いて、足の速い馬でもって使いを走らせ、迎えさせなさる時に、房守はその馬に乗って、筑紫《つくし》からたった七日で上京したのである。王慶の手紙を見ると、書いてあることには、

火鼠《ひねずみ》の皮衣《かわぎぬ》は、やっとのことで人を遣わして探し出したのでお届け申し上げます。今の世にも昔の世にも、この皮は、容易にはないものだったのです。昔、尊い天竺の高僧が、この唐土の国に持って来ておりましたものが、西の山寺にあると聞きつけて、朝廷《ちょうてい》に申し上げて、やっと買い取ってお届け申し上げます。代価の金額が少ないと、その国の役人が、使いに申しましたので、この王慶の物を加えて買いました。金をもう五十両いただきましょう。帰航するとき、その船に託して送ってください。もし金を下さらないのならば、お預けした皮衣を返してください。

と書いてあるのを見て、「何をおっしゃる。あと金をもう少々ということのようだが。それにしても、うれしいことに、よくもまあ送ってきてくれたものだ」と言って、唐土の方に向かって、伏し拝みなさる。

この皮衣を入れてある箱を見ると、種々の華麗な瑠璃《るり》をとりあわせ彩色して作ってある。皮衣を見ると、紺青《こんじょう》の色である。毛の先には、金色の光がして輝《かがや》いている。宝と思われ、その華麗なことは、比べられるものがない。火に焼けないことよりも、美麗なことは比類がない。「なるほど、かぐや姫がお好みになるわけだったよ」とおっしゃって、「ああ、ありがたい」と、箱にお入れになって、何かの枝につけて、御自身の化粧《けしょう》もたいそう念入りにして、そのまま婿《むこ》として泊ってしまうのだとお思いになって、歌を詠《よ》み添えて、持っておいでになった。その歌は、

限りなくあなたを思う「思ひ」のひではないが、火にも焼けない皮衣を手に入れ、今は涙に濡《ぬ》れた袂《たもと》も乾いて、今日こそは快《こころよ》く着ていただけるでしょうね。

と書いてある。

かぐや姫の家の門口《かどぐち》に皮衣を持って行って、右大臣は立っている。竹取の翁《おきな》が出て来て、それを受け取って、かぐや姫に見せる。かぐや姫が、皮衣を見て言うことには、「綺麗《きれい》な

皮のようですね。でも、これこそが真実の火鼠《ひねずみ》の皮であるかどうかわかりません」。竹取の翁《おきな》が答えて言うことには、「とにもかくにも、まず大臣を招き入れ申し上げましょう。この世の中に見られない皮衣のありさまなので、これを本物だとお思いになってください。人にあまり辛《つら》い思いをおかけ申し上げなさいますな」と言って、右大臣を呼び入れて、席にお着け申し上げる。このように席にすわらせて、今度はきっと結婚するだろうと、嫗《おうな》も心に思い、じっと控えている。この翁は、かぐや姫が独身であるのが嘆かわしかったので、高貴な人と結婚させようと思いめぐらすが、心底《しんそこ》から「いやだ」と姫が言うことなので、強《し》いることもできないから、今度の期待は当然である。

かぐや姫が、翁に言うことには、「この皮衣《かわぎぬ》は、火に焼いても、焼けなかったら、それこそ本物だと思って、あの方《かた》の言うことにも屈《くっ》しましょう。あなたは『この世にまたとない物だから、それを本物と疑わずに思おう』とおっしゃる。でもやはり、これを焼いて試してみましょう」と言う。翁は、「それは、よいことをおっしゃってくださった」と言って、大臣に、「このように姫が申します」と言う。大臣が答えて言うことには、「この皮は、唐土《もろこし》にもなかったのを、やっとのことで探し求めて手に入れたものです。なんの疑いがありましょう」。「姫がああは申しても、早く焼いて御覧《ごらん》なさいませ」と翁が言うので、大臣が皮衣を火の中にくべてお焼かせになると、めらめらと焼けた。「やはり思ったとおりです。他のものの皮でしたね」と姫は言う。大臣は、これを御覧になって、顔は草の葉の色のように青ざめてすわっていらっしゃる。かぐや姫は、「ああ、嬉《うれ》しい」と喜んでいる。あの大臣のお詠みになった歌の返歌を、空《から》になった箱に入れて返す。

　跡かたなく燃えると知っていたなら、皮衣を、思い悩んだりせず、火などにくべずに見るのでしたのに。

と書いてあった。そこでしかたなく、大臣はお帰りになったのであった。

世間の人々が、「阿部《あべ》の大臣は、火鼠の皮衣を持っていらっしゃって、かぐや姫と結婚なさるということだね。ここにおいでになるのか」などと尋ねる。ある人が言うことには、「皮は火にくべて焼いたところ、めらめらと焼けてしまったので、かぐや姫は、結婚なさらない」と言ったので、これを聞いて、望みが達せられず張り合いを失ったものを、「阿部」にかけて「あへなし」と言ったのである。

六　竜《たつ》の頸《くび》の珠《たま》

大伴御行《おおとものみゆき》の大納言《だいなごん》は、自分の家にありったけの人を集めて、おっしゃることには、「竜の頸に五色の光のある珠があるそうだ。それを取って献上する者があったら、その者には、願うことがあれば何でもかなえてやろう」とおっしゃる。家来どもは、仰《おお》せの趣《おもむき》をうけたまわって申し上げることには、「仰せの趣は、たいへんありがたいことでございます。ただし、この珠は、簡単には取れますまい。まして、竜の頸で、どうして取れましょうか」と口々に申し上げる。大納言がおっしゃる。「主君の従者という者なら、その者は命を捨ててても、自分の主君の仰せ言はかなえようと思って当然だが。この日本の国にない、天竺《てんじく》・唐土《もろこし》の物でもない。この日本の海や山から、竜は昇り降りするものなのだ。どう思って、おまえらはそれを困難だと申せるのか」。

家来どもが申し上げることには、「それならば、どうしようもございません。困難なものであっても、仰せ言に従って、探し求めに出かけましょう」と申し上げるので、大納言はそのようすを見てにんまりし、「おまえらの主君であるわしの家来として、おまえらは世間に知られている。主君の仰せ言は、どうして背《そむ》いてよいものか」とおっしゃって、竜の頸の珠を取るためにと、家来らを出発させなさる。この人々の道中の糧《かて》、すなわち食料として、お邸《やしき》にある絹・綿・銭《ぜに》など、あるものすべてを取り出して、持たせておやりになる。「この人々らが帰るまで、精進潔斎《しょうじんけっさい》して、わしはじっと待とう。この珠を取り得ないでは、家に帰って来るな」と仰せになった。

めいめいがこの仰せをお受けして、御前を退出した。「『竜の頸の珠を取り得ないでは、帰って来るな』とおっしゃるので、どちらへでもよい、足が向いたらその方へ行ってしまおう」「こんな物ずきなことをよくもなさることだ」と、口々に悪口を言い合っている。下さった物は、めいめいが分けては取る。ある者は自分の家に籠《こも》っており、ある者は自分の行きたい所へ行く。「親・主君と申しても、このように無理なことを仰せなさるとは」と、らちのあかないことだから、大納言を非難し合っている。

「かぐや姫を妻として住まわすとしたら、ふだんのままでは見苦しい」とおっしゃって、立派な建物をお造りになって、漆《うるし》を塗り、蒔絵《まきえ》で壁をお造りになって、屋根の上には糸を染めてさまざまな色彩で葺《ふ》かせ、屋内の飾り付けには、言い表せないほど立派な綾織物《あやおりもの》に絵を描いて、柱と柱の間ごとに貼《は》ってある。もとからの妻妾《さいしょう》たちは、かぐや姫を必ず迎え取ろうとする準備をするので離別し、大納言《だいなごん》は独身生活に明け暮れていらっしゃる。

派遣した人は、大納言が夜も昼も待っていらっしゃるのに、翌年になるまで音沙汰《おとさた》もない。待ちどおしくなって、大納言はたいそう人目を避けて、舎人《とねり》ただ二人を取次ぎ役として召し連れて、粗末な身なりをなさって、難波《なにわ》のあたりにお出かけになって、お尋ねになることには、「大伴《おおとも》の大納言の家来が、船に乗って、竜《たつ》を殺して、それの頸《くび》の珠《たま》を取ったと聞いているか」とお尋ねになると、船人《ふなびと》が答えて言うことには、「変な話ですね」と笑って、「そんなことをする船なんかない」と答えるので、意気地《いくじ》のないことを言う船人だなあ。わしの力を知ることができないので、このように言うのだとお思いになって、「わしの弓の力は、もし竜がいれば、たちまち射殺して、頸の珠は取ってしまうだろう。おくれて来る奴《やつ》らを待つまい」とおっしゃって、船に乗って、あちこちの海を漕《こ》ぎ回っていらっしゃるうちに、たいへん遠いが、筑紫《つくし》の方の海に漕ぎ出ておしまいになった。

どうしたのだろう、疾風《しっぷう》が吹いて、あたり一面暗くなって、船をあちらこちらに漂流させる。どちらの方角ともわからず、海中に沈没してしまいそうなくらい船を吹きまわして、浪《なみ》は船に打ち当てては海中に巻き込み、雷《かみなり》は落ちかぶさるように閃光《せんこう》を放って襲うので、大納言は途方《とほう》に暮れて、「まだこんな辛《つら》い目にあったことはない。いったいどうなっていくのだ」とおっしゃる。船頭が、答えて申し上げる。「長い間、船に乗ってあちこち回っていますが、まだこんな辛い目にあったことはありません。お船が海の底に沈まないならば、雷がきっと落ちかぶさるでしょう。もし幸運にも神の助けがあるなら、南海に吹かれて行ってしまわれるでしょう。いやな主人のおそばにお仕え申して、思いがけない死に方をどうやらしそうだなあ」と、船頭が泣く。

大納言が、これを聞いておっしゃることには、「船に乗ったときは、船頭の申すことをこそ、高い山を仰ぎ見るように頼りにするが。どうしてこんなに頼りなさそうに申すのだ」と、青反吐《あおへど》をはいておっしゃる。船頭が、答えて申し上げる。「わたしは神ではないから、どんなことをして差し上げられましょう。風が吹き浪が激しいけれどその上、雷まで が頭上に落ちかかるようなのは、竜《たつ》を殺そうと探し求めていらっしゃるので、そうなるのです。疾風も竜《りゅう》が吹かせるのです。はやく、神にお祈りください」と言う。

「それはよいことだ」と言って、「船頭の祭る神様、お聞きください。考えが浅く、おろかにも、竜を殺そうと思ったのでした。今後は、毛の一本だって動かし申すことはいたしません」と、誓願《せいがん》の詞《ことば》を大声で唱えて、立ったりすわったり、泣く泣く神様に呼びかけなさることを、千度ほど申し上げなさるせいであろうか、しだいに雷が鳴りやんでしまった。

まだ少し稲光りがして、風は相変わらず疾《はや》く吹く。船頭が言うことには、「これは、やはり竜《たつ》のしわざであったのだ。この吹く風は、よい方角の風だ。悪い方角の風ではない。よい方角に向かって吹くのだ」と言うけれども、大納言《だいなごん》は、このことばを耳にお入れにならない。

三、四日順風が吹いて、船を陸地へ吹き返し近づけた。浜を見ると、播磨《はりま》の国の明石《あかし》の浜なのであった。大納言は、南海の浜に吹き寄せられたのであろうかと思って、ため息をついて横になっていらっしゃる。船にいる家来らが国府に知らせたけれども、国司が参上してお見舞いするのにも、起き上がることがおできにならないで、船底に横たわっていらっしゃる。松原に御筵《むしろ》を敷いて、船からおろし申し上げる。その時になって、やっと南海ではなかったのだと思って、やっとのことで起き上がりなさった姿を見ると、風病《ふびょう》の重症患者で、腹がたいそうふくれ、左右の目には、李《すもも》を二つつけているようである。これをお見上げ申して、国司も顔をほころばせている。

国府にご命令なさって、手輿《たごし》をお作らせになって、うめきうめき担《かつ》がれて、家にお入りになったのを、どうして聞きつけたのだろうか、派遣なさった家来らが帰参して申し上げるには、「竜の頸《くび》の珠《たま》を取ることができませんでしたので、お邸《やしき》へも参上できなかったのです。珠が取りにくかったことを今はご存じでいらっしゃるので、お咎《とが》めもあるまいと思って参上いたしました」と申し上げる。大納言は、起き上がってすわっておっしゃるには、「お前らは、珠を持って来てしまわないでほんとうによかった。竜は雷《かみなり》の仲間であったのだ。それの珠を取ろうとして、大勢の人々が殺されようとしたのだ。まして竜を捕《とら》えたりしようものなら、またわけもなく、わしは殺されてしまったろう。よくも捕えずにいてくれたものだ。かぐや姫という大悪党めが、人を殺そうとしているのだ。あの家の近辺すら、もう今は通るまい。家来どももあのあたりを歩き回ることはやめてくれ」と言って、家に少し残っていたいくつかの物は、竜の珠を取らない家来らに下さった。

これを聞いて、大納言と離別なさった元の奥方《おくがた》は、腸がちぎれるほどお笑いになる。糸を葺《ふ》かせて造った屋根は、鳶《とび》や烏《からす》の巣として、みなくわえて持っていってしまった。世間の人が言ったことには、「大伴《おおとも》の大納言は、竜の頸の珠を取っておいでになったのか」「いや、そうではない。御眼《め》二つに、李のような珠をつけておいでになったよ」と言ったので、「ああ、そんな李はおかしくて食えたものではない」と言ったことから、まったく思うとおりにならないことを、「あなたへがた」と言い始めたのである。

七　燕《つばくらめ》の子安貝《こやすがい》

中納言石上麻呂足《ちゅうなごんいそのかみのまろたり》が、その家に使われる家来らのもとに、「燕が巣を作ったら知らせよ」とおっしゃるのを、家来らはうけたまわって、「何の用になさるのですか」と申し上げる。中納言が答えておっしゃるには、「燕の持っている子安貝を取ろうとするためだ」とおっしゃる。家来らが答えて申し上げる。「燕をたくさん殺して見るときでさえも、腹の中にないものです。だがしかし、子を産む時に、どうやって出すのでしょうか、腹に抱《かか》えるのです」と申し上げる。「人がちょっとでも見ると、なくなってしまいます」とも申し上げる。また別の人が申し上げるには、「大炊寮《おおいづかさ》の飯《めし》を炊《た》く建物の棟《むね》に、束柱《つかばしら》のあるごとに、燕は巣を作っております。そこに、忠実な家来がいれば、その家来を引き連れて行きまして、足場を高く組んで様子を探らせるようにすれば、たくさんの燕が、子を産まぬことはないでしょう。そうやってこそお取らせになってはいかがでしょう」と申し上げる。中納言はお喜びになって、「おもしろい話だなあ。まったく知り得ないことだった。いい話を聞かせてくれた」とおっしゃって、忠実な家来ら二十人ほどをそこへおやりになって、足場に上がらせて配置なさった。お邸《やしき》から使いをひっきりなしにおやりになって、「子安の貝を取ったか」と尋ねさせなさる。

燕も、人が大勢登ってひそんでいるのにこわがって、巣にも上がってこない。こうした事情の返事を申し上げたところ、中納言がお聞きになって、どうしたらよいかと思い悩んでいらっしゃると、あの大炊寮の役人の倉津《くらつ》麻呂《まろ》と申す翁《おきな》が、申し上げるには、「子安貝を取ろうとお思いになるなら、計略をお立て申しましょう」と言って、御前に参上したので、中納言は、額《ひたい》をつきあわせて対面なさった。

倉津麻呂が申し上げるには、「この燕の子安貝は、まずい工夫でお取らせになっていらっしゃるようです。それではお取りになれますまい。足場に仰々《ぎょうぎょう》しく二十人の人が上がっておりますので、燕は離れて近寄ってまいりません。なさるべき方法は、この足場を壊《こわ》して、人はみな遠のいて、忠実だと思われる人一人を、荒籠《あらこ》に乗せてすわらせ、綱を用意して、鳥が子を産もうとする間に、綱を吊《つ》り上げさせて、さっと子安貝をお取らせになるなら、それがよろしいでしょう」と申し上げる。中納言がおっしゃるには、「たいへんよい考えだ」と言って、足場を壊し、家来の人々はみなお邸に帰って来てしまった。

中納言が、倉津麻呂におっしゃることには、「燕はどのような時に、子を産むと理解して、人を引き上げたらよいのか」とおっしゃる。倉津麻呂《くらつまろ》が申し上げるには、「燕が、子を産もうとする時は、尾を差し上げて七回回《まわ》って、それで産み落すようです。そこで七回回るなら、その時に、籠《こ》を引き上げて、その時、子安貝はお取らせなさいませ」と申し上げる。中納言《ちゅうなごん》はお喜びになって、だれにもお知らせにならずに、こっそり大炊寮《おおいづかさ》においでになって、家来らの中にまじって、昼夜兼行でお取らせになる。倉津麻呂がこのように申し上げるのを、たいへんひどく喜んでおっしゃる。「わが家に使われている人でもないのに、願いをかなえてくれるとは嬉《うれ》しいことだ」とおっしゃって、お召し物を脱いで褒美《ほうび》としてお与えになった。「あらためて、夜分に、この大炊寮に参上しなさい」とおっしゃって、家へ帰しておやりになった。

日が暮れてしまったので、中納言は例の大炊寮においでになってご覧になると、ほんとうに、燕が巣を作っている。倉津麻呂が申し上げるように、尾を浮かせて回っているので、荒籠《あらこ》に家来を乗せて、綱《つ》で吊り上げさせて、燕の巣に手を差し入れさせて探るが、「何もありません」と申し上げるので、中納言は、「探りかたが悪いからないのだ」と腹を立てて、「わしのほかに、いったいだれが取り方を思い出せよう」と言って、「わしが、上がって探ろう」とおっしゃって、籠に乗って吊り上げられて、こっそり巣の中をのぞいていらっしゃると、燕が尾を上に上げてひどく回るのと同時に、手を上に伸ばして探りなさると、手に平たい物がさわる、その瞬間、「わしは、何かを握《にぎ》ったぞ。もうおろしてくれ。翁《おきな》よ、してやったぞ」とおっしゃるので、人々が集まって、早く下ろそうとして、綱を引きすぎて、綱が切れると同時に、八島《やしま》の鼎《かなえ》の上に、あおむけにお落ちになった。

人々は、思いがけぬことで仰天し、そばへ寄って中納言を抱きかかえ申し上げた。御眼《め》は白眼《しろめ》になって倒れていらっしゃる。人々は、水をすくって、口にお入れ申し上げる。やっとのことで生き返りなさったので、また鼎の上から、手を取り足を取りして、下におろし申し上げる。やっと、「御気分はいかがでいらっしゃいますか」と尋ねると、苦しい息の下からかすかな声で、「意識は少しはっきりしたが、腰がどうにも動けない。けれど、子安貝をさっと握って持っているから、うれしい気分だ。何はさておき紙燭《しそく》をつけてこい。この貝の顔を見よう」と御頭《おつむ》を持ち上げて、御手を広げなさったところ、燕がたれておいた古糞《ふるぐそ》を握っていらっしゃるのであった。それを御覧になって、「ああ、貝がないことよ」とおっしゃったことから、期待に反することを、「かいなし」と言った。

貝ではないと御覧になったので、御気分も悪くなって、唐櫃《からびつ》の蓋《ふた》の、中にお入りになれそうもないほど、御腰は折れてしまったのであった。中納言は、子供っぽいことをして失敗に終わったことを、人に聞かせまいとなさったけれど、それが病となって、たいそう衰弱してしまわれた。貝を取ることができなくなってしまったことよりも、人が聞いて笑うかもしれないことを、日がたつにつれて気になさったので、普通に病気で死ぬよりも、外聞が恥《は》ずかしいとお感じになるのであった。

これを、かぐや姫が聞いて、見舞いに贈る歌、

年がたってもいっこうにお立ち寄りになりませんが、浪《なみ》も立ち寄らない住吉《すみよし》の浜の松ならぬ、待つ甲斐《かい》もない、つまりはあの貝もない、と噂《うわさ》に聞くのは、ほんとうですか。

と書いてあるのを、おそばの者が読んで聞かせる。中納言《ちゅうなごん》はたいそう気力は弱っていたが、頭を持ち上げて、人に紙を持たせて、苦しい気分でやっとのことお書きになる。

あなたは貝もないとおっしゃるが、このようにお見舞いをいただいた甲斐はありましたよ。その甲斐ならぬ匙《かい》で、苦しみぬいて死ぬわたしの命を、すくい取ってはくださいませぬか。

と書き終えると、息が絶えてしまわれた。これを聞いて、かぐや姫は、少し気の毒にお思いになった。それからというものは、少しうれしいことを、「かいあり」と言ったのである。

八　御狩《みかり》のみゆき

さて、かぐや姫の、容貌《ようぼう》が世に類《たぐい》なく美しいことを、帝《みかど》がお聞きあそばして、内侍《ないし》の中《なか》臣房子《とみのふさこ》におっしゃる。「たくさんの人の身を滅《ほろ》ぼしても結婚しないでいると噂に聞くかぐや姫は、どれほどの女であるかと、出かけて行って、見て来い」とおっしゃる。房子は、仰《おお》せを慎《つつし》んでお受けして退出した。竹取の家では、恐縮《きょうしゅく》して内侍を招き入れて対面した。嫗《おうな》に、内侍がおっしゃる。「勅命に、かぐや姫の容貌が、すばらしく優《すぐ》れていらっしゃると聞いている、よく見て参るようにとの旨《むね》を、仰せられましたので、参上いたしました」と言うので、「それでは、そう姫に申しましょう」と言って奥へ入った。

かぐや姫に、「早く、あの御使《みつかい》にお会いしなさい」と言うと、かぐや姫は、「わたしは、優れた容貌でもありません。どうしてお目にかかれましょう」と言うので、「不愉快そうにおっしゃいますね。帝の御使いを、どうして疎略《そりやく》にできましょう」と言うと、かぐや姫が答えるには、「帝がお召しになってお言葉を賜《たま》わるとしても、畏《おそ》れ多いとも思いません」と言って、いっこうに会いそうにもない。自分が産んだ子のようであるが、こちらが気おくれするぐらい、そっけない態度で言ったので、嫗《おうな》は思いのままに強《し》いることもできない。嫗は、内侍《ないし》のいる所に奥から戻《もど》って出て来て、「残念なことに、この愚《おろ》かな子は、強情《ごうじょう》者《もの》でございまして、面会しそうもないのです」と申し上げる。内侍は、「必ず拝顔して来いと勅命がありましたのに、拝顔しないでは、どうして宮中に帰参できましょう。国王の勅命を、当然のこととして、この世に住んでいらっしゃる人ならお受け申し上げずにいられるでしょうか。筋の立たないことは、どうかなさらないでください」と、相手が気おくれするほどの言葉で言ったので、これを聞いて、なおさら、かぐや姫は聞き入れるはずもない。「国王の御命令に背《そむ》くというのなら、さっさとお殺しになってくださいまし」と言う。

この内侍は、宮中に帰参して、この事情を帝《みかど》に奏上する。帝がお聞きあそばして、「それが多くの人を殺してしまったという心なのだな」とおっしゃって、その時はそれで済《す》んだが、やはり姫をお思いになっていらっしゃって、この女の計略に負けてなるものかとお思いになって、翁《おきな》に勅命を下さる。「そなたが持っておるかぐや姫を献上せよ。容姿が美しいとお聞きあそばして、御使者を下されたが、その甲斐《かい》もなく、対面しないでしまったな。このように不都合のまま慣《なら》いとさせてよいものか」と仰せになる。翁は恐縮して御返事申し上げることには、「この小娘は、いっこうに宮仕えをいたしそうにもございませんので、もて余しております。それにしても、家に立ち戻り勅命を授けましょう」と奏上する。これを帝がお聞きあそばして勅命を下さる。「どうして、翁が育て上げたであろうに、思うようにならないのか。この娘を、もし献上したならば、翁に五位の位をどうして下賜しないことがあろうか」。

翁は喜んで、家に帰って、かぐや姫に心をこめて言うことには、「こんなにまで、帝が仰せられているのだよ。それでもやはりお仕えなさらないのか」と言うと、かぐや姫が答えて言うことには、「まったく、そのような宮仕えはいたすまいと思うので、無理に宮仕えをおさせになるのなら、消え失《う》せてしまいましょう。あなたの御位が授かるようにして差し上げて、死ぬまでのことです」。翁が答えるには、「そんなことをなさいますな。五位の位も、わが子をお見上げ申さないでは、何になりましょう。それにしても、どうして宮仕えをなさらないのでしょう。死になさるようなわけがあるはずはありません」と言う。「やはりうそなのかと、わたしを宮仕えさせてみて、死なずにいるかどうか御覧《ごらん》ください。大勢の求婚者の志が並ひととおりでなかったのを、むだにしてしまったのですよ。それなのに、昨日今日、帝がおっしゃるからといって、それに従ったら、人に聞かれて恥ずかしい思いがします」と言うので、翁《おきな》が答えて言うことには、「この上もない叙爵《じょしゃく》のことは、たとえどうあろうとも、あなたのお命があぶないことこそ、わたしには大きな障害だから、やはりお仕えするつもりのないことを、参内《さんだい》して申し上げよう」と言って、参内して申し上げるには、「勅命のかたじけなさに、あの小娘を参内させようとして力を尽くしましたが、『もし宮仕えに差し出すのなら、死ぬつもりだ』と申します。造麻呂《みやつこまろ》の手で産ませた子でもありません。昔、山で見つけた子です。こんなわけで、気立ても、世間一般の人に似ないのでございます」と人を介して奏上する。

帝が仰《おお》せになることには、「造麻呂の家は、山のふもとに近いそうだな。御狩《みかり》のための行幸《みゆき》をなさるふうにして、会ってしまおうか」と仰せられる。造麻呂が申すことには、「それはたいへんよいことです。なんの、たいしたことではありません。姫が満ち足りぬ思いでおりますような時に、不意に行幸して御覧《ごらん》になってください。きっと御覧になれるでしょう」と奏上すると、帝は急に日取りを決めて、御狩にお出かけになって、かぐや姫の家にお入りになって御覧になると、家中に光が満ちあふれて、美しい姿ですわっている人がある。かぐや姫とはこれであろうとお思いになって、逃げて奥へ入る姫の袖《そで》をとらえなさると、袖で顔をふさいで控えているが、帝ははじめによく御覧になったので、類《たぐい》なくすばらしいとお思いになられて、「放しはすまいぞ」というわけで連れておいでになろうとすると、かぐや姫は答えて申し上げる。「わたしの身は、この国に生まれておりますのなら、それこそお召し使いもなされましょうが、そうではありませんから、とても連れておいでになりにくうございましょう」と奏上する。帝は「どうしてそんなことがあろう。やはり連れておいでになろう」というわけで、御輿《みこし》をお寄せになると、このかぐや姫は、ぱっと影になってしまった。帝は努力もむなしく残念だとお思いになって、なるほど普通の人間ではなかったのだとお思いになって、「それでは、お供としては連れて行くまい。もとの御姿におなりなさい。せめてそれを見るだけでもして帰ろう」と仰せになられると、かぐや姫はもとの姿になった。帝は、やはりすばらしいとお思いになられる気持は、抑えきれない。このように見せてくれた造麻呂に謝意を表せられる。

ところで、翁はお供の諸官人に饗宴《きょうえん》を盛大に奉仕する。帝はかぐや姫をここに残したまま お帰りになるとしたら、そのことを不満で残念にお思いになったが、魂をあとに残した気持がしてお帰りなされたのである。御輿にお乗りになって後に、かぐや姫に、

帰途の行幸がつらく思われて、振り返っては立ちどまることだ。わたしのことばに背《そむ》いてここにとどまるかぐや姫ゆえに。

姫の御返事、

雑草の生《お》い茂る賤《いや》しい家に長年過ごしてきたわたしが、どうして玉で飾った美しい御殿を見て暮らせましょうか。

これを帝《みかど》が御覧《ごらん》になって、いよいよお帰りになろうとする当てもない思いになられる。帝の御心は、いっこうにお帰りになれそうにもお思いにならなかったが、そうかといって、ここで夜をお明かしになるわけにもいかないので、お帰りになった。

日常お側《そば》にお仕えする女官たちを御覧になると、かぐや姫のそばに寄れそうにさえないのであった。他の人よりはきれいだとお思いになった人でも、かぐや姫にお比べになると、同じ人間とは思われない。かぐや姫だけが御心にかかって、ひたすら独身暮らしをなさる。口実のないまま后妃《きさき》たちの御局《みつぼね》にもお通いにならない。ただかぐや姫の御もとに、お手紙を書いてやりとりなされる。帝の求愛をあれほど手きびしく拒絶したものの、かぐや姫は情をこめてお取り交わしなさって、印象深く、木や草につけても御歌を詠んでおつかわしになる。

九　天《あま》の羽衣《はごろも》

このようにして、お心をたがいにお慰めになるうちに、三年ほどたって、春のはじめから、かぐや姫は、月が趣深く出ているのを見て、いつもよりも何か思い悩んでいる様子である。ある人が、「月の顔を見るのは、不吉なことです」と、とめたけれども、どうかすると、人のいない間にも月を見ては、ひどくお泣きになる。

七月十五夜の月に、姫は縁側の端に出てすわって、痛切に何か思い悩んでいる様子である。お側近く召し使われている侍女たちが、竹取の翁《おきな》に告げて言うことには、「かぐや姫は、いつも月をしみじみと眺《なが》めていらっしゃいますが、このごろとなっては、ただごとでもございませんようです。ひどくお嘆きになることがあるのでしょう。よくよく気をつけて差し上げてください」と言うのを聞いて、翁がかぐや姫に言うことには、「どのような気持がするので、こんなに何か思いこんだ様子で、月を御覧になるのですか。結構な世なのに」と言う。かぐや姫は、「月を見ると、世の中が心細くしみじみと感じられるのです。どうして何か嘆かなければならないのでしょうか」と言う。

かぐや姫のいる部屋に行って見ると、やはり何か思い悩んでいる様子である。これを見て翁《おきな》が、「わたしの大切な子よ、どんなことを考えこんでいらっしゃるのですか。考えこんでいらっしゃるようですが、それはどんなことですか」と言うと、「考えこんでいることもありません。ただ何となく心細く感じられるのです」と言うので、翁は、「月を眺《なが》めなさいますな。これを御覧《ごらん》になると、物思いをなさるきざしが生じるのです」と言うと、「どうして月を見ないではいられましょうか」と言って、やはり月が出ると、端に出てすわってはため息をついて考えこんでいる。月の出の遅い暗闇《くらやみ》のころには、何も考えこまない様子である。が、月の出るころになってしまうと、やはり時々はため息をつき、泣きなどする。この様子を、召使いなどが、「やはり何か考えこんでいらっしゃることがあるのだろう」と、ひそひそ話すが、親をはじめとして、どういうことなのかわからない。

八月十五日近いころの月に、端に出てすわり、かぐや姫は、とてもひどくお泣きになる。人目も、今でははばからずにお泣きになる。これを見て、親たちも、「どうしたことか」と騒がしく声を立ててたずねる。かぐや姫は、泣く泣く言う。「以前にも申し上げようと思いましたが、きっと心を乱しなさるにちがいないのだと思って、今まで過ごしてきたのでございます。でも、そうばかりもしていられまいと思って、打ち明けてしまうのです。

わたしの身は、人間世界の人ではありません。月の都の人です。それなのに、前世の宿縁があったことによって、この世界に参上したのです。今はもう帰らなければならない時になってしまいましたので、この月の十五日に、あのもとの国から、迎えに人々が参ることでしょう。しかたなくお暇《いとま》しなければなりませんので、お嘆きになるのが悲しいことですので、それをこの春から思い嘆いているのでございます」と言って、ひどく泣くので、翁は「これは、なんということをおっしゃるのですか。竹の中からあなたをお見つけ申したが、からし菜の種ほどの大きさでいらっしゃったが、わたしの背丈が立ち並ぶまでお育て申したわが子を、いったい誰《だれ》がお迎え申せましょう。絶対に許せるものですか」と言って、「わたしこそ死んでしまいたい」と言って、大声で泣きわめくさまは、ひどくこらえきれないようである。

かぐや姫の言うことには、「月の都の人として、父母がいます。ほんの少しの間といって、月の国からやってまいりましたが、このようにこの国では多くの年を経てしまったのでした。月の国の父母のことも思い出されません。この地上では、こんなに長い間過ごさせていただいて、お親しみ申し上げております。月に帰ってもひどくうれしい気持もしません。ただ悲しいだけです。けれど、自分の心にまかせぬまま、お暇することになるでしょう」と言って、翁《おきな》や嫗《おうな》といっしょにひどく泣く。召し使われる人も、永年慣れ親しんでいるので、姫と別れてしまうとしたらそのことを、姫の気だてなど上品で可愛《かわい》らしかったことを見慣れているので、別れたら恋しいだろうと思う気持がこらえきれそうもなく、湯水を飲むこともできずに、翁嫗と同じ心持ちで嘆かわしく思うのであった。

このことを、帝《みかど》がお聞きあそばして、竹取の翁の家に御使《みつか》いをおつかわしになる。御使いに、竹取の翁が出て会って、泣くことはかぎりがない。このことを嘆くので、鬚《ひげ》も白く、腰もまがり、目もただれてしまった。翁は、今年は五十ぐらいであったけれども、物思いのためには、わずかの間に、すっかり年寄りになってしまったように思われる。御使いは、帝の御下問として、翁に言うことには、「『たいへん気の毒なことに思い悩んでいるというのは、ほんとうなのか』と仰せられます」。竹取の翁は、泣く泣く申し上げる。「この十五日にじつは、月の都から、かぐや姫を迎えに参り来るということです。おそれ多くもお尋ねくださいました。この十五日には、警護の人々をいただいて、月の都の人がやって参りましたら、捕《とら》えさせましょう」と申し上げる。

御使いが皇居に帰参して、翁の様子を申し上げて、翁が奏上したことなどを申し上げるのを、帝はお聞きあそばして、おっしゃる。「一目御覧《ごらん》になったお心だけでもお忘れにならないのに、明け暮れ見慣れているかぐや姫を月に行かせては、どんなに辛《つら》く思うことだろうか」。

その十五日に、それぞれの役所にお命じになって、勅使《ちょくし》に、近衛《このえ》少将の高野大国《たかののおおくに》という人を指名して、六衛の役所をあわせて二千人の人を、竹取の翁の家におつかわしになる。竹取の家に出かけて、土塀《どべい》の上に千人、屋根の上に千人、竹取の家の人々が多かったのに合わせて、空いている隙間《すきま》もないほど監視させる。この見張る家の人々も、弓矢を身につけて控える。家の中では、侍女らに当番としてじっとすわって守らせる。

媼は、塗籠《ぬりごめ》の中で、かぐや姫を抱いてじっとすわっている。翁も、塗籠の戸をしめて、戸口に控えている。翁が言うことには、「これほど厳重に守っている所では、天人にも負けるはずがない」と言って、屋根の上に控えている人々に言うことには、「ちょっとでも、何か、空を飛び回るなら、さっと射殺《いころ》してください」。守る人々が言うことには、「これほどまでして守っている所に、蝙蝠《こうもり》一匹《ぴき》でもいたら、まっさきに射殺《いころ》して、外に曝《さら》そうと存じまする」と言う。翁は、これを聞いて、頼もしく思って控えている。

これを聞いて、かぐや姫は、「わたしを塗籠に閉じ込めて、守り戦うべき準備をしたところで、あの国の人を相手に戦うことはできないのです。弓矢で射ることはできないでしょう。このように閉じ込めていても、あの国の人が来たら、みな開《あ》いてしまうでしょう。ぶつかり合って戦おうとしても、あの国の人が来たならば、勇猛心《ゆうもうしん》をふるう人も、まさかあるとは思えません」。翁《おきな》の言うことには、「お迎えに来るなら、その人を、長い爪《つめ》で、目玉をつかみつぶそう。そいつの髪を取って、ひきずり落そう。そいつの尻《しり》を引っ掻《か》いて出し、大勢の役人に見せて、恥をかかせよう」と腹を立てて控えている。

かぐや姫が言うことには、「大きな声でおっしゃいますな。屋根の上に控えている人々が聞くと、ひどくみっともないことです。これまでの数々《かずかず》のお志をわきまえもしないで、お暇《いとま》しようとすることが、無念でございます。この世での長い宿縁がなかったので、間もなくお暇しなければならないようだと思って、悲しいのでございます。親たちのお世話を、ほんの少しもいたしませんで、これから帰るとしたら、その道中も心安らかでもないでしょうから、この何日か縁側に出てすわり、今年一年ぐらいの猶予《ゆうよ》をお願い申し上げたのですが、まったく許されないために、このように思い嘆いているのでございます。お心ばかりを乱して去ってしまうとしたら、そのことが悲しく堪え難うございます。あの月の都の人は、たいへん美しくて、年をとらないのです。思い悩むこともないのでございます。そのような所へ行くようになりましても、とくに嬉《うれ》しくもございません。お二人の老い衰えていらっしゃるようすを見て差し上げられないとしたら、それこそ後髪《うしろがみ》を引かれる思いでしょう」と言うので、翁は、「胸が痛くなるようなことをどうかおっしゃらないでおくれ。華麗《かれい》な姿をした使者によっても、わたしは妨げられはしまい」と、いまいましく思って控えている。

こうしているうちに、宵も過ぎて、夜中の十二時頃に、家のあたりが、昼の明るさ以上にもなって輝いた。満月の明るさを十倍したぐらいで、そこにいる人の毛穴まで見えるくらいである。大空から、人が、雲に乗って降りて来て、地面から五尺ぐらい上がった高さのところに、立ち並んだ。家の内にいる人や外にいる人の心は、何か魔物に取りつかれたような感じで、ぶつかり合って戦おうとする気持もないのであった。やっとのことで心を奮い起して、弓矢を調《とと》のえようとするけれども、手に力もなくなって、ぐったりと身体《からだ》の力が抜けて物によりかかっている者の中で、気丈な者が、ぐっとこらえて矢を射ようとするけれども、矢はそっぽへ行ったので、激しくも戦わないまま、気持がただもうぼんやりするばかりで、皆じっと見つめるだけであった。

空中に立っている人たちは、衣装の美しいこと、物にたとえようもない。飛ぶ車を一つ従えている。うすもので張った天蓋《てんがい》を差しかけている。その中で王と思われる人が、家に向かって、「造麻呂《みやつこまろ》、出て参れ」と言うと、強気《つよき》だった造麻呂も、何かに酔ったような気持がして、うつぶしに伏している。天人の王が言うことには、「汝《なんじ》、愚か者よ。少しばかりの善根を、翁《おきな》がつくったことによって、おまえの助けにというわけで、ほんのわずかな間ということで、姫を下界《げかい》に下《くだ》したが、長い年月の間、たくさんの黄金を下さるので、おまえは生まれ変わったように裕福になった。かぐや姫は、天上で罪を犯しておられたので、このようにいやしいおまえのもとに、しばらくおいでになったのだ。罪の償《つぐな》いの期限が終わってしまったので、このように迎えるのを、翁は泣いて嘆く。所詮《しょせん》かなわぬことだ。はやくお返し申し上げよ」と言う。

翁が答えて申し上げる。「かぐや姫を養い申し上げることが、二十年余りになりました。それを『ほんのわずかな間』とおっしゃるので、わけがわからなくなりました。また別の所に、かぐや姫と申す人がおいでになるのでしょう」と言う。「ここにいらっしゃるかぐや姫は、重い病気をしていらっしゃるので、とても出ていらっしゃれないでしょう」と申し上げると、それに対する返事はなくて、屋上に飛ぶ車を寄せて、「さあ、かぐや姫。こんなけがれた所に、どうして長くいらっしゃるのですか」と言う。姫を閉《と》じ込めてあった塗籠《ぬりごめ》の戸も、即座に、ただもうあきにあいてしまう。いくつもの格子戸《こうしど》も、人はいないのにあいてしまう。嫗《おうな》が抱《いだ》いてすわっていたかぐや姫は、外に出てしまう。とても引き留めることができそうもないので、嫗はただもう上を向いて泣いている。

竹取の翁が心が乱れて泣き伏している所に近寄って、かぐや姫が言う。「わたしの方でも、心ならずもこうして出かけるのですから、せめて昇天する最後だけでも見送ってください」と言うけれども、翁は「なんで、悲しいのに、お見送り申し上げましょう。わたしを、どうしろというつもりで、捨てて昇天なさるのですか。いっしょに連れて行ってくだされ」と、泣いて伏せっているので、かぐや姫も御心が乱れてしまう。「手紙を書き置いてお暇《いとま》しましょう。恋しく思われるなら、その折々に、取り出して御覧《ごらん》ください」と言って、泣いて書く言葉は、

この国に生まれたというのならば、御両親様を嘆かせ申さない時までお仕えもせず離別してしまうことは、かえすがえす不本意に思われます。脱いで置く着物を形見として御覧ください。月の出ているような夜は、こちらを御覧になってください。お二人をお見捨て申し上げて帰っていく空からも、落ちてしまいそうな気持がするのです。

と書いて残す。

天人の中に持たせている箱がある。天《あま》の羽衣《はごろも》が入っている。もう一つある箱は、不死の

薬が入っている。一人の天人が言う。「壺《つぼ》にあるお薬を召し上がれ。けがれた地上の物を召し上がっていたので、御気分がきっと悪いことでしょうよ」と言って、壺を持ってそばに寄ったので、姫はほんのちょっとおなめになって、少し形見として、脱いで置く着物に包もうとすると、そこにいる天人が包ませないで、天《あま》の羽衣《はごろも》を取り出して着せようとする。その時に、かぐや姫は、「ちょっと待って」と言う。「天人が天の羽衣を着せた人は、心が地上の人とは違ってしまうのだという。何か一言《ひとこと》言って置かねばならないことがあったのです」と言って、手紙を書く。天人は、遅いと、待ち遠しがっていらっしゃる。かぐや姫は、「情理を解さぬことをどうかおっしゃらないで」と言って、たいそう物静かに、帝《みかど》にお手紙を差し上げなさる。あわてず落ち着いた様子である。

このように大勢の人をお遣わしくださって、わたしを引き留めなさいますけれど、とどまることを許さない迎えがやってまいりまして、わたしを捕《とら》えて連れて行ってしまいますので、残念で悲しいことでございます。宮仕えをいたさぬままになってしまったのも、このように厄介な身でございますので、納得できないとお思いあそばされたでしょうけれども、強情に仰《おお》せに従わずじまいになってしまったのです。無礼な者だとお心にとどめあそばされたことが、とても心残りでございます。

と書いて、

今はこれまでと、天の羽衣を着る時です。その最後に、あなた様をしみじみと思い出しております。

と歌を詠み、壺の薬を付け添えて、頭中将《とうのちゅうじょう》を呼び寄せて帝に献上させる。中将には、天人がそれを取って手渡す。中将が受け取ったので、天人がさっと天の羽衣を姫にお着せ申《う》し上げると、姫には翁《おきな》を気の毒だ、切なくいとしいとお思いになっていたことも消え失せてしまった。この天の羽衣を着た人は、物思いがなくなってしまうのであったから、飛ぶ車に乗って、百人ほど天人を引き連れて、天に昇ってしまった。

十　富士の煙

その後、翁と嫗《おうな》は血の涙を流して思い乱れるけれど、何の甲斐《かい》もない。あの書き残して置いた手紙を周囲の人が読んで聞かせたけれど、「何をしようとて、命など惜しかろう。誰《だれ》のためにというのか。何事も無用なのだ」と言って、薬も飲まず、そのまま起き上がりもしないで、病気になって臥《ふ》している。

中将《ちゅうじょう》は、人々を引き連れて宮中に帰参して、かぐや姫を戦って引き留めることができなくなったわけを、こと細かに奏上する。薬の壺《つぼ》にお手紙を添えて差し上げる。帝《みかど》は広《ひろ》げて御覧《ごらん》になって、ひどくしみじみと心を動かしなさって、何も召し上がらず、管絃《かんげん》の御遊びなどもないのであった。

大臣や上達部《かんだちべ》をお召しになって、「どの山が天に近いか」とお尋ねなさると、ある人が奏上する。「駿河《するが》の国にあるという山が、この都も近く、天も近うございます」と奏上する。帝はこれをお聞きあそばして、

かぐや姫に逢《あ》うことはもはやなく、悲しみの涙に浮かんでいるようなわが身にとっては、不死の薬も何の役に立とうか。

あのかぐや姫の差し上げた不死の薬に、また壺を添えて、御使《みつか》いに下される。勅使《ちょくし》には、調石笠《つきのいわかさ》という人をお呼びになって、駿河の国にあるという山の頂上に持って置くようにとの趣旨をお命じになる。その山頂でなすべき方法をお教えになる。お手紙と不死の薬の壺を並べて、火をつけて燃やすようにとの趣旨をお命じになる。その趣旨をうけたまわって、兵士らを大勢ひきつれて山へ登ったことから、その山を「富士の山」と名づけたのである。その煙はいまだに雲の中へ立ち昇ると、言い伝えている。

解説（付　参考文献・索引）

一　物語文学の誕生

物語文学の誕生を具体的な作品に即して捉えようとするとき、『源氏物語』「絵合《えあわせ》」の巻（一六九ページ）に記された「物語の出で来はじめの祖《おや》なる竹取の翁《おきな》」という評言は、大きな意義を有している。この評言は当代のいかなる文献にも見いだしがたい独自な性格を帯びていることから、当時の一般的な竹取物語観とは見做《みな》しがたく、「絵合」の巻の文脈から見ても、やはり作者紫式部の独自な文学観と考えるほかない。

この評言は、古来、最初に成立した物語という成立時期の問題に重点が置かれてきたが、近年、それは初期物語の傑作という評価をこめた立言である、との判断が示され、「祖《おや》」の語義からみても、そこに評価がこめられていることは疑いない。しかし、この作品に対する評価は、「絵合」の巻に象徴される当時の一般的な『竹取物語』享受の実態の中に位置づけてみたとき、より一層深い意味をもってくるのである。

『源氏物語』より少し前に成立したと思われる『枕草子』に「物語は」という章段があり、当時のいろいろな物語の名が示されている。中でも、作者清少納言の愛読書の一つであったと思われる『うつほ物語』は、その中に登場する主人公仲忠の名を何度か記し、定子中宮のサロンでも彼女は仲忠びいきで通っていた。仲忠は幼いころ、北山の杉の洞《うつほ》で苦難の生活を送ったが、やがて貴族社会に迎えられ、抜群の能力を発揮して出世し、朱雀院《すざくいん》の第一皇女を娶《めと》って一族ともに繁栄した。この物語が、先の「絵合」の巻で、『竹取物語』と優劣を競い、竹取が敗れるように書かれている。竹取の敗因は、主人公の下賤《げせん》な出生や、かぐや姫が帝の求婚を拒んだことなど、作品の外在的評価がそれと対照的なうつほ物語と対比してなされている。この事実は、虚構の物語世界に描かれた宮廷行事という性格をもってはいるが、やはり当時の宮廷社会の物語観を象徴していることは間違いないと思われる。

しかし、『竹取物語』については、「かぐや姫のこの世の濁《にご》りにも穢《けが》れず、はるかに思ひのぼれる契り高く」と、その内在的な価値について、まことに的確な判断を示していることを見遁《みのが》してはならない。主人公の造型を通して、そこに現実には求めがたい理想性がこめられていることを指摘し、さらにそうした内容をもつ作品が現実には認められないという事実を、虚構の行事にことよせて描いていると見られるのである。

『枕草子』に『竹取物語』の名はもちろん、内容についても一言も触れていないのは、あれほど多くの物語を愛好した清少納言としては、奇異に思われる向きもあろうが、いま述べたことがらを念頭に置けば、『竹取物語』の内在的価値が宮廷社会の美意識と対立するものであるからには、その美意識の体現に努めた清少納言が、竹取物語を容認できなかったことも、じゅうぶん想像できるのである。

源氏物語にはもう一か所、『竹取物語』が「かぐや姫の物語」という名称で、他の散逸した物語とともに出てくる。末摘花《すえつむはな》という醜貌《しゅうぼう》の姫君が零落して不如意な生活を送っているとき、心やりにひもとく物語の一つに採り上げられているのである。

十一世紀の初頭、藤原氏の全盛期に、宮廷を中心とした貴族社会の中で、『竹取物語』がどのような取扱いを受けていたかが想像されるが、当時たくさんあった物語の中で、これこそ「ものがたり」発生の原義をもっとも純粋なかたちで体現した作品として、稀有《けう》の存在といえるのではなかろうか。『源氏物語』によってその事実が明らかにされたことは、物語史にとってきわめて重要なことがらといわなければならない。

初期物語群の中で、傑出した内容をもつ作品として、紫式部によって高い評価を与えられた『竹取物語』は、しからばその内容に、どのような特質が存しているのであろうか。『竹取物語』の成立を知ることは、その事実を明らかにすることにかかっている。

二　構成と内容

　まず大概の内容から見ていこう。貧しい竹取の翁が竹の中で見つけたかぐや姫を養育するうちに、竹林でこがねをたくさん得て富裕になる話を冒頭に、美しく成長した姫に求婚する皇子や大臣など、五人の貴公子の失敗が滑稽《こっけい》に描かれ、つづいて帝の求婚に移ると、かぐや姫の天女たる秘密が明かされ、迫りくる昇天を前に別離の悲哀をつづるが、ついに八月十五日夜、地上のいっさいの恩愛を絶って月世界に飛翔《ひしょう》し去る、全篇中のクライマックスともいえる場面が迫真力をもって描き出され、最後に、かぐや姫が形見に残した手紙と不死の薬を富士山頂で燃やす話を添えて一篇を閉じる。

　右の内容を構成する単位として、江戸時代に田中大秀《おおひで》が『竹取翁物語解』で示した、九段に分ける方法が、現在でも広く行われている。

⑴かぐや姫の生い立ち　⑵妻問《つまど》い　⑶仏の御石の鉢　⑷蓬萊《ほうらい》の玉の枝　⑸火鼠《ひねずみ》の裘《かわぎぬ》
⑹龍《たつ》の首の珠　⑺燕《つばくらめ》の子安貝　⑻御狩のみゆき　⑼天《あま》の羽衣《はごろも》

右の区分は、その記述量からみると長短あって一様ではないが、大まかに話の筋を内容から分けたものとして、全体を通観しやすい。こうした内容的な区分ではなく、例えば「さる時よりなむ、『よばひ』とは言ひける」（一一ページ）というような、民間語源説的説明で終わっている形態上の特徴から内容を区分すべきだとする意見もあり、物語の方法に即した客観性が示される特色をもつが、本書では一般の読者を対象に、個々の内容をまず一まとまりずつ通読し、その中に各種の説話的特徴を一つずつ考えていくという方針で、『解』で示された九段の区分のうち、最後の段をその内容からさらに二段に分け、全体を十段構成として捉えてみた。

この物語を構成する各要素については、従来からさまざまな説話型――伝承の様式が指摘されている。たとえば(1)には小さ子《ちいこ》説話や致富長者譚《たん》、(2)〜(6)には求婚説話や難題譚、(7)には相聞説話、また全体の構想に関わるものとして白鳥処女説話（羽衣説話・天人女房譚とも）や貴種流離譚など、きわめて多様な伝承説話を構想の枠としていることが知られる。これらは後続の物語作品の中にも広く指摘されるものであるが、竹取物語はその意味でも一種の原型を保っており、こうした説話的発想に規制され、また保証されることによって、好色で詐術に長《た》けた上流貴族に対する風刺や批判を思うさま描きながら、かぐや姫に象徴される純粋で美しいものはこの世に生きがたいという絶望感とともに、美の永遠性を思慕する浪漫的な精神を見事に表現することができたといえよう。

文章は素朴だが力強く、ことに貴族たちの奸計《かんけい》を暴《あば》く軽妙な筆致や、かぐや姫昇天の場面に見られる切迫した感情の表現などは、この物語を背後から支える説話の論理を離れ、伝承の枠を超えて、文学として自立する表現の世界を見事にかたちづくっている。こうしたすぐれた表現を可能にしたものこそ、仮名による散文の方法であった。

しかし、一方では、竹取物語の原型が漢文表記ではなかったかと見る説もある。当時、口承説話の筆録は活発であったようで、舶載の漢文伝奇を模して制作されたと見られる多数の漢文伝がある。「浦島子伝《うらしまこのでん》」「続浦島子伝」（以上、作者未詳）、「道場法師伝」（都良香）、「白石先生伝」（紀長谷雄）など、もと六国史などに見る官人や僧侶《そうりょ》の薨卒《こうそう》伝記の形式を踏みながらも正史から独立し、または逸脱して神仙譚風に脚色され、反政治的・高踏的動向を生んでいった。

「竹取翁伝」といった漢文伝は現存せず、またそうした存在そのものを否定する意見もあるが、竹取物語の文体や用語からみて男性知識人たる作者の認定はすでに共通理解がもたれており、そうだとすれば、漢文伝を筆録するような作者の系譜、すなわち正史というあるべき規範から逸脱した精神の持ち主としての作者が、竹取物語を生む基層に存在していたことは疑いない。しかし、前述したように、仮名散文の表記を選び取った作者は、やはり漢文伝という漢字表記の作品を制作する作者そのものではありえない。そこには当然、読者が婦女子であるという、漢文述作の実用性や効用から今ひとつ逸脱した制作の無効性が条件でなくてはならない。当時の言葉でいえば「おのが心やり」という、ほとんど対自化した精神の孤絶が、竹取物語を生む座標に据えられなくてはならないだろう。漢字のもつ規範性から逸脱して成立した仮名が、かかる精神の座標にふさわしい表現手段であったことはいうまでもないことであり、ここに初めて名実ともに作品としての「ものがたり」が誕生したのである。

三　成立の問題

『竹取物語』の成立の問題は、通常、この作品のできた歴史的時期の確定へと関心を向かわせる。その点についてのみ言えば、九世紀末の限定した時点に成立時期を絞ることも、かなり高い可能性をもつといえるであろう。少し古い整理に属するかも知れないが、南波浩氏の何度かの改訂を加えた条件提示は見通しを立てる上にたいへん便利である。さまざまな条件設定のうち、上限については六衛府の制定された弘仁二（八一一）年は動かないところであるが、下限については、物語末尾に記された富士噴煙の記事の特定が重視されてくる。貞観十七（八七五）年十一月、天女が山頂に舞うのを土地の人が見たと記す都良香の『富士山の記』には、「其の遠きに在りて望めば、常に煙火を見る」（一六五ページ）とあるから、少なくとも八七五年には噴煙が上っていたことは疑いないが、『古今集』仮名序に「今は富士の山も煙たたずなり」（一六六ページ）とある時期を『古今集』撰進の延喜五（九〇五）年と仮定しても、その間に横たわる三十年という短くない歳月は無視できない。

南波氏は『古今集註』所載の竹取説話に、富士噴煙について「光孝宇多のころよりたえにけり」とある記事の信憑性は、今日の資料では確かめ得ないとしながらも、もしこれが今後さらに実証されるならば、竹取の成立はおよそ陽成帝の元慶の頃（八七七—八八五）になると述べている。噴煙の停止は今のところ他に証明の資料はないが、逆に噴煙の時期を先の『富士山の記』の記事よりもさらに引き下げられると思量される事実が、思いがけないところで見つかった。記録にない噴火を推定しうる資料である。

平成元年三月二十三日の「朝日新聞」(夕刊)に載った「富士山神代ヒノキ　枯死は883年と判明　記録にない噴火物語る?」という記事だが、昭和五十五年八月に富士山東南の静岡県裾野市須山の用沢川の河床で護岸工事の際見つかったヒノキは、長さ約五メートル、直径約一・四メートルの大木だった。奈良国立文化財研究所が開発した年輪年代学の方法で調べてみると、この埋れ木の死滅した年代が、平安時代前期の八八三年であることが判った。現場を見た町田洋・東京都立大学教授(地形学)によると、ヒノキの表面に粘土が付着していることや、富士山周辺の火山の噴火による溶岩が近くにあったことから、噴火などで水がせき止められてできた池につかって、立ち枯れしたらしいという。貞観六(八六四)年の大噴火は、溶岩が本栖《もとす》湖《こ》・剗湖《せのうみ》を埋めたとの報告が『三代実録』に記されているが、八八三年の記録はない。年輪年代学と現代地形学の成果によってこの事実を認めれば、『古今集註』に述べる光孝宇多のころ(八八四―八九七)の直前の噴火がこれなのかもしれない。

『竹取物語』の末尾に、かぐや姫の残した不死の薬を、勅命で富士山頂に燃やした記事があり、「その煙、いまだ雲の中へ立ち昇るとぞ言ひ伝へたる」と記す。仮構の記事を歴史の事実に照合する非は認めるとしても、逆に物語は作られた当時の人々の承認を得る手段として、事実を記しとどめる最低条件を備えているとする見方から、これまでにも、『古今集』の仮名序に「今は富士の山も煙たたずなり」とある記事とからめて、『竹取物語』の成立年代を推定する一つの手懸りとなってきたように思う。むろん、その他さまざまな根拠から、その成立年代が貞観後半（八六九）から延喜前半（九〇五）とする最も確率の高い推定を研究史に刻んでいるが、神代ヒノキが告知した八八三年はまさにその期間にあたるのである。この事実は、偶然の成果がもたらす楽しさと、偶然でしか得られぬむなしさをわれわれに与えた。しかし、物語の本文に立ち還《かえ》って、いま一度「その煙、いまだ雲の中へ立ち昇るとぞ、言ひ伝へたる」を見たとき、その表現性は、物語の文脈から作品の成立年代を告知する機能を単に果たしたという読みを許さない。「その煙」とは言うまでもなく、かぐや姫が天皇に残した手紙と不死の薬を富士山頂で焼いた煙であり、焼いた理由は『竹取物語』の末尾を飾る天皇の歌、「逢ふことも涙に浮かぶわが身には死なぬ薬も何にかはせむ」にこめられた人間天皇の痛切な思いの表明によって明確であろう。「いづれの山か天に近き」の勅問も、昇天した姫に最も接近しうる地上の極点を求めた意図であることは、それに対する返奏に富士山を「この都も近く、天も近く侍る」とあることによっても、他の解釈を許さぬばかりの構文によって証明されるのである。現実には絶望的に遠い月世界に、最も近い距離を選び、「思ひ（火）」の煙を焚《た》いて交信を果たそうとするばかりか、「その煙、いまだ雲の中へ立ち昇る」の表現は、煙の中に故人の俤《おもかげ》の顕現を見る反魂香《はんごんこう》の思想さえ読み解く自由を与えてくれよう。

四　表現の新しい試み

『竹取物語』は、古代日本の男性知識人が公的世界で常用してきた表記としての外国語――漢字漢文を、当時の口頭語である日本語の表記――仮名《かな》和文につくりかえようとした試みの中で、もっとも成功した作品であった。冒頭の一節は、その秘密を解く鍵《かぎ》といえよう。

『万葉集』巻十六に「由縁《ゆえん》ある雑歌」として、竹取の翁《おきな》が仙女と唱和した歌がある（一六一ページ）。その詞書《ことばがき》に「昔有二老翁一。号曰二竹取翁一」とあり、「昔、老翁《おきな》ありき。号《な》を竹取の翁と曰《い》ひき」と訓《よ》まれている。「昔」に対応して「ありき」という。この「き」は通常、自分の直接体験した事実を回想するときに用いるから、この話はその老翁について直接見聞したという立場で記されたことになる。

ところが『竹取物語』では「今は昔」といい、伝承された事実を回想する「けり」でそれに対応している。自分が直接体験しない遥《はる》か昔のできごととして、それを語り伝える立場に立ったとき、それは単なる「昔」ではなく、「今は昔」として「今」と「昔」を峻別《しゅんべつ》し、その間隙《かんげき》に非体験のさまざまな事象を織り込んだのである。

野山にまじりて竹を取りつつ、よろづの事につかひけり。名をば讃岐《さぬき》の造《みやつこ》となむいひける。その竹の中に、もと光る竹なむ一筋《ひとすぢ》ありける。

伝承された事実は「けり」で応ずる。冒頭の一節に「けり」が頻用《ひんよう》されるのは、自己体験の限られた空間から、他者の体験という無限の空間を表現世界に確保する方法でもあった。そうしてその方法はまた、伝承者という語り手の存在を表現世界に位置づけ、漸層《ぜんそう》的に物語の世界を遥かな「昔」から身近な「今」へと、驚《おどろ》くべき転換の文脈を織りなすのである。

前掲の例文にすでに語り手の用語「なむ」が現れ始める。口頭伝承のポーズである「なむ」が、「けり」で語られる非体験の物語に作用する。ところがそれに続く文章には、今度は「けり」に代わって「たり」や「ぬ」が現れる。

あやしがりて、寄りて見るに、筒《つつ》の中光りたり。手にうち入れて、家へ持ちて来《き》ぬ。

動作の存続を原義とする「たり」や、状態を瞬時《しゅんじ》に定位する「ぬ」は、非体験の伝承空間を語り手の機能を通して、新しい「今」の空間へ転換する作用を果たしてしまう。その行く手に、ついに純然たる現在時が生み出される。

　妻《め》の嫗《おうな》にあづけて養はす。

いと幼ければ、籠《こ》に入れて養ふ。

『竹取物語』の冒頭文はこんな具合いに、遥か彼方《かなた》の「昔」から「今」へ向けて、ことばの精妙な機能を活《い》かしつつ、伝承された時間と空間を、現前する事象としてまざまざと描き出すことに成功した。

以上は『竹取物語』の冒頭の一節をめぐって、表現史の上におそらく初めて形成されたと思われる仮名による散文表現の実相を、個々の表現に即して段階的に見てきたが、分かりにくい面もあったかもしれない。しかし、これは『竹取物語』という作品が、ことばの歴史の上に果たした大きな役割を知るために、たいへん重要な事柄《ことがら》なので、もう一度説明をかえて補《おぎな》ってみよう。

あやしがりて、寄りて見るに、筒の中光りけり。

前にあげた同じ文の結びを「たり」から「けり」に置き換えてみた。「けり」は伝承の回想だから、冒頭表現から一貫してその立場が守られているということになろう。しかし、「あやしがりて、寄りて見るに」という文は、「もと光る竹」を見つけた翁が、不思議に思って近寄って見ると、ということで、その驚きがすぐ動作に転じる機微を的確に表現しえている。「寄りて見けるに」といわなかったのも、翁の驚きを「あやしがりて」と翁の心情に同化して捉《とら》えたことから、「寄りて見る」のは翁の行為であるとともに、それを述べる語り手の行為ともなって現在時をつよく表示するので、そこに現れた竹はまさに光っているのであって、それは決して「見ける」や「光りけり」のような回想表現では捉えられないのである。

『竹取物語』はこのように、当時の口頭語である和文の精妙な造成によって、伝承された物語を、たちまち眼前に生動する舞台に変貌《へんぼう》させてしまうのである。ここに、この物語が表現の歴史の上に果たした大きな役割を認めることができるのである。

五　伝承性と想像力

しかし、一方で『竹取物語』は伝承された物語の内実を、新しい日本語の表現によって断ち切ってしまった、と思われる面を多く抱《かか》えてもいるのである。

その第一は、竹取の翁《おきな》について、その職業に触《ふ》れて語られるのは、「野山にまじりて竹を取りつつ、よろづの事につかひけり」と「名をば讃岐《さぬき》の造《みやつこ》」とある、ほとんどその記事に限られるということである。前者はいかにも採竹《さいちく》に従事するさまが、特に「まじりて」という語のニュアンスで示されているが、「よろづの事」は下文の「籠《こ》」以外には具体性を欠く叙述《じょじゅつ》の簡略さがむしろ特徴的である。それはかぐや姫を発見した後の翁が、いわば不労所得である「黄金《こがね》」を竹林から得ることによって富裕になると同時に、その名に象徴される「竹取」の業とは、もはや何の関わりも持たない存在として終始する事実と、決して無関係ではないと思われる。

「讃岐の造」は異文も多くあるが、後出の「御《み》室戸《むろと》斎部《いむべ》の秋田」と関わらせて考えると、やはり大和国《やまとのくに》（奈良県）広瀬郡散吉《さぬき》郷《ごう》に居住して採竹を営《いとな》む氏族が想定され、また斎部氏の伝承である『古語拾遺《こごしゅうい》』には、讃岐の斎部氏の祖神手置帆負命《たおきほおいのみこと》の子孫が矛《ほこ》と竿《さお》とを造って、毎年四国の讃岐国から調庸《ちょうよう》のほかに竹竿八百を貢進すると見えることから、その系譜とともに、採竹を営む一族の祭祀《さいし》を司《つかさど》る族長としての斎部氏との深い関わりが窺《うかが》われるのである。が、具体的に名前を二つ掲げながら、それ以上の伝承に触れないところに、むしろこの物語の新しい性格を見せてもいるのである。

さらに、かぐや姫については、すでに『古事記』に垂仁《すいにん》天皇妃《ひ》として登場する「迦具夜《かぐや》比売《ひめ》」との関わりが知られているが、この物語では斎部の秋田が命名する「なよ竹のかぐや姫」という紹介にすべてを託して、それ以上の歴史との関わりを捨象《しゃしょう》してしまう。

開化《かいか》天皇――崇神《すじん》天皇――垂仁天皇
‖　　　　　　　　　　　　　　　　　‖
丹波竹野《タニハノタカノ》媛《ヒメ》――比古由牟須美命《ヒコユムスミノミコト》――大筒木垂根王《オオツツキタリネノミコ》――迦具夜比売命《カグヤヒメノミコト》
　　　　　　　　　　　　　└讃岐《サヌキ》垂根王

また姫の出現は「三寸ばかりなる人」（後の記事で「菜種《なたね》の大きさ」にたとえられる）とあるように、いわゆる小《ちい》さ子《こ》説話型だが、ここではその話型に必須《ひっす》の異常成長と致富長者譚《たん》とを始発の一節に込めて終わり、それを核とした想像力を大きな構想に展開させることはしていない。

そしてさらに注目すべきは、かぐや姫出現の描写が絵画的な審美性に覆《おお》われ、竹中生誕の説話的な具象性に欠ける面をもつ点である。

その竹の中に、もと光る竹なむ一筋ありける。あやしがりて、寄りて見るに、筒の中

光りたり。それを見れば、三寸ばかりなる人、いとうつくしうて居たり。翁いふやう、
「われ朝ごと夕ごとに……」とて、手にうち入れて、家へ持ちて来ぬ。

傍点を施《ほどこ》した部分で知られるように、姫の所在と様態はきちんと描かれているが、翁が「筒の中」の姫をどのように採《と》り出したかは描かれない。これは古代人の黙契《もっけい》などではなく、姫の微小さとともに竹中誕生を竹を割って採り出す行為として描く想像の基盤を欠いていたということではないのか。

東南アジアに自生する直径三〇センチもある巨大な竹からは、周知のように竹中誕生譚が生じた。日本に渡来した太い竹では孟宗竹《もうそうちく》が有名だが、これは江戸時代の移入で、古代では淡竹《はちく》が中国から渡来したとされ、『古今要覧稿』では弘仁《こうにん》年間（八一三ごろ）大開花に見舞われて枯死《こし》したという。

具体的に竹の中から生まれるという話は、民話でも数少なく、「竹の子童子《どうじ》」として九州南部に伝わる程度である。中世では竹林で鶯《うぐいす》の卵から生まれる話に集約されるのも、上代の竹林に鶯鳴くという和歌の発想と脈絡《みゃくらく》があり、その点、竹筒に宿るかぐや姫の印象は、必ずしも古代日本人の想像力と結びつかない背景があったと考えられる。もちろん、「うつほ舟」に代表されるカプセル状の中から神異《しんい》の出現を見る想像は根強くあったが、それ

が竹の筒と結びついて想像力を育《はぐ》む基盤は弱く、最も説話性のつよい『今昔物語集《こんじやくものがたりしゅう》』の竹取譚（巻三十一・第三十三）でも、

翁、籠を造らむがために、篁《たかむら》に行き、竹を切りけるに、篁の中に一の光あり。その竹の節の中に、三寸ばかりなる人あり。翁、これを見て思はく、「われ年ごろ……」を喜びて、片手にはその小さき人を取り、いま片へに竹を荷《にな》ひて家に帰りて……

とあり、「竹を切」ることと姫を見つけて持ち帰ることとは別様に描かれている。『海道記《かいどうき》』に、「翁が宅《いへ》の竹林に、鶯の卵、女の形にかへりて巣の中にあり」（一八一ページ）とか、『古今和歌集大江広貞注《おおえのひろさだ》』に「（鶯の）卵子《かひこ》を翁取りて温《あたた》めけるほどに、みな鳥になりてあり。なかに一つの卵子の中より、眉目《みめ》美しき女子出でたり」（一八六ページ）など、きわめて身近な、親しみやすい想像として語られるのとはやはり異なるのではないだろうか。現存はしないが、当時の知識人たちが見た舶載《はくさい》の書物の中に、あるいは六朝志怪《りくちょうしかい》や唐代伝奇のごとき神仙譚《しんせんたん》ふうの小説があって発想を得たが、もともと巨大竹中生誕になじまぬ想像力は、『竹取物語』のように美的幻想性に筆を運び、筆力を期待せぬ説話の世界では、卵中《らんちゅう》生誕の親近感に立ちかえって語り伝えたと考えられるのである。

六　かぐや姫の人間化

しかし、『竹取物語』作者の想像力は、伝承された内実を単純に断ち切ったのではなかった。「讃岐《さぬき》の造《みやつこ》」や「斎部《いむべ》の秋田」には、享受者の理解の程度に応じて、この伝承が歴史と深く関わる要因を秘《ひ》めたものであることを啓示する、新しい表現として位置づけているのである。それは伝承に拠《よ》りながらも、ことばのあやとして文章が自立する方向に表現が選び取られている、と言い換えてもよい。

子になり給《たま》ふべき人なめり。

この「子」には、神から授《さず》かったありがたい子が、ちょうど竹が籠《かご》になって生活を支えるように、採竹を業とする翁《おきな》一族の繁栄をもたらす家宝でもある、の意がこめられている。その感謝の念がまだ翁の意識の中にだけ宿っているさまを、「給ふ」という敬語で表示する。しかし、この一文はまことに軽妙な和歌的修辞《しゅうじ》の懸詞《かけことば》から成り、その洒脱《しゃだつ》さが一面ことば遊び的表現と見られるほど散文表現として自立しているのである。伝承された内容を、ことばの自在な表現に転化する方法が確保されたといえよう。

しかし、冒頭の一節では、物語の主役はまだ竹取の翁であって、かぐや姫は異常成長を遂《と》げる神異《しんい》の子であり、一人前になっても、髪上げや裳着《もぎ》を行うのも、室内に閉じ込めて養《やしな》うのも主体は翁である。したがって、姫の放つ光で病苦が癒《いや》されるのも、もっぱら翁の側《がわ》に起きたできごととして処理される。伝承をことばの世界に移しかえる文章の運びは、まだ登場人物の造型にまで及んでいないのである。

ところが、かぐや姫の成人式が行われ、族長の命名と披露《ひろう》によって、かぐや姫の美貌《びぼう》を求める貴公子たちの求婚譚に入るや、神異の子はしだいに人間化してくる。翁が人間社会の営《いとな》みとして、姫に結婚を勧《すす》めたのに対して、

深き心ざしを知らでは、婚《あ》ひがたしとなむ思ふ。

と述べたのは、神異の子たる本性を翁から知らされた直後の発言としては、いささか唐突《とうとつ》の感じがしないでもないが、翁の懇望《こんもう》に対応する文脈の中では、人間社会の情理に即した意見の開陳《かいちん》が、そのまま翁の納得《なっとく》を得る方向へ収められて不自然さがない。それとともに、「深き心ざし」の内容を問う翁の質問を、その中から引き出してくる論理すら導くのである。

ここに至って、『竹取物語』は登場する人物の発言を媒体《ばいたい》とした物語の展開を、問答形

式という日常会話の次元においてとり行う方法をつかんだのであった。

この日常会話が単に通俗《つうぞく》の伝達機能を超えて、美辞麗句《びじれいく》を連《つら》ね、非日常的空想の世界を眼前に彷彿《ほうふつ》たらしめる効果を存分《ぞんぶん》に発揮した例として、「蓬萊《ほうらい》の珠《たま》の枝」の段に見られる庫持《くらもち》の皇子《みこ》の自慢話をあげることができる。

難題としてかぐや姫から蓬萊の珠の枝を課せられた皇子は、一流の鍛冶工《かじこう》をやとって秘《ひそ》かににせ物を造り、遥《はる》か難波《なにわ》から鳴り物入りで上京するという手の込んだまやかしに徹する。デマの効果を見抜けなかったあたりに、かぐや姫の神異性が喪失《そうしつ》しているさまを読むべきなのか、「胸つぶれて思ひけり」は、もはや人間の心を持った姫のすがたというほかない。

勝ち誇《ほこ》った皇子が、翁に珠の枝を得た事情を聞かれて得意げに語る自慢話こそ、この物語の中で他に例のない散文表現といえよう。自分がどんなに苦労して珠の枝を得たかを、あたかも絵巻物をくりひろげて説き明かすように、詳細《しょうさい》かつ軽快に語る。文章表現に即していうなら、見たこともない世界、経験したこともない行為をいかに身近に現実のものとして味わわせるか。海外渡航の夢、異郷《いきょう》への想《おも》い、それは恐ろしい危険とうらはらなればこそ、当時にあっては、選ばれた幸運の俊英《しゅんえい》たちの口を通してしか垣間見《かいまみ》ることはできなかった。遣唐使たちの渡航の記録など当然参照されたろうが、この話は具体的な事実よりも、幻想的な描写や対句《ついく》表現などの修辞に装《よそお》われた作為的な文章というべきだろう。

漂流譚の変形は、大伴《おおとも》の大納言の「竜の頸《くび》の珠」の段にも見られるが、それが地の文を主体とした叙述《じょじゅつ》なのに対して、この話《たつ》は会話文に終始している。長い会話文の中に印象的な描写の短文を積み重ね、豊かなイメージを聴《き》き手に与えていく効果がみごとに果たされる。この話に翁が説得されたばかりでなく、かぐや姫までが「暮るるままに思ひわびつる」と描かれるあたりに、自立した文章表現が伝承的ヴェールを剝《は》ぎ取って、神異の子かぐや姫を、伝承の世界から現実の悩《なや》める人間として生み落とすことに成功したことを思い知るのである。

それればかりか、人間かぐや姫の創造は、その裏側に、難題を課したかぐや姫がその難題を解かれたかぎりにおいて皇子《みこ》に従わざるをえない――約束は守られねばならないとする論理が示され、その論理がまたかぐや姫の神異性を破壊するという描き方は、『竹取物語』という古代物語が成立する内在的意味を知るうえに、きわめて重要なことだと思われる。

七　心の乱れ＝文脈の乱れ

『竹取物語』は小さな作品だが、これは初めから終りまで原典をたどって読むべき作品であるようだ。冒頭の一節に見られる表現上の創意は、多分作者の細心の配慮によるものだろうが、そのような手の内はむしろ初めから分からないほうがよい。気づけばそこに新しい世界が見えてくるというもので、文章の面白さとはそうしたものではないだろうか。

そのように原典をたどってひたすら読み進めるうち、誰しも気づくのは、見た目に可愛《かわい》く、身から放つ光で不思議に翁の病苦も忘れ去らせる超能力をもちながら、ひと言もしゃべらぬ存在でありえたかぐや姫が、求婚譚をきっかけに自分の意見をはっきり述べ、しかも難題を求婚者に課すまでに変貌《へんぼう》するありようであろう。やがて自分の課した難題に、今度はかぐや姫自身が苦しみ悩《なや》むすがたを呈するに至る。いったいあの超能力はどこへ行ってしまったのか。

貴公子たちの奸計《かんけい》が、かぐや姫の超能力にまさるのか。たしかにたわいないと見える奸計も、手をかえ品をかえ、三人目からは奸計ならぬ求婚者たちの短慮《たんりょ》や一途《いちず》な思い込みが、周囲の異和をも顧《かえり》みず自滅していくありさまが滑稽《こっけい》に描かれ、それと並行してかぐや姫のすがたがある時は冷酷に、ある時は少し同情的に描かれて、つまりはかぐや姫がそうした人間社会の波間にもまれ抜くことによって、神異性を払拭《ふっしょく》して相対化していくのである。

人間かぐや姫の誕生はかくしてありえたが、それは五回にわたる人間社会の試練を通して与えられたものでもある。求婚譚は『竹取物語』の可変部分とされ、また作者の〝自由区域〟とも呼ばれて創意を盛る腕の見せどころでもあったが、伝承の世界が仮名《かな》という和文の独自な構築によって、現実に躍動《やくどう》する人間の世界を仮構しえたことは、表現史における『竹取物語』のすぐれた達成であった。

五人の貴公子の求婚譚を経て誕生した人間かぐや姫が、その後に登場する帝《みかど》との関係において、ふたたび神異性を発揮しつつもさらに深い人間性にめざめ、やがて十五夜の近づくころ、自身の過去を自覚し月世界へ復帰すべき道理を認めながらも、すでに地上の人間としての絆《きずな》を絶ちえない存在になっているのである。

この部分も『竹取物語』の文章としての面白さが、その背後に人間を見つめる思想の存在を察知して、いっそう増幅《ぞうふく》される効果をもっているように思う。

月の都の人にて、父母あり。片時《かたとき》の間とて、かの国よりまうで来《こ》しかども、かくこの国にはあまたの年を経《へ》ぬるになむありける。かの国の父母のことも覚えず。ここには、かく久しく遊び聞こえて、慣《な》らひ奉《たてまつ》れり。いみじからむ心地《ここち》もせず。悲しくのみある。されど、おのが心ならずまかりなむとする。

かぐや姫の述懐《じゅっかい》。道理と宿世《すくせ》に身を引き裂かれる思いの、にもかかわらず感情を抑えた調子の文体が、その会話を取りまく周辺の人間たち——翁や使用人の激越《げきえつ》した感情表現と対照的に配置され、効果を上げている。「泣きののしること、いと堪《た》へ難《がた》げなり」は前文。「もろともにいみじう泣く」「堪へ難く、湯水飲まれず、同じ心に嘆《なげ》かしがりけり」は後文。前後に隈取《くまど》られて、述懐がすっくときわだつ。

しかし、何といっても最高のクライマックスはかぐや姫昇天の場面である。

竹取、心惑《まど》ひて泣き伏せる所に寄りて、かぐや姫言ふ。「ここにも、心にもあらでかくまかるに、昇らむをだに見送り給《たま》へ」と言へども、「何しに、悲しきに、見送り奉《たてまつ》らむ。われを、いかにせよとて、捨てては昇り給ふぞ。具《ぐ》して率《ゐ》ておはせね」と、泣きて伏せれば、御心惑《まど》ひぬ。

ここでも地上の人竹取の翁の惑乱《わくらん》が、かぐや姫の抑制した発言と対比して描かれる。

しかし、その後、帝に手紙を書き置く文面は、ことさら、取り乱したふうには見えないが、文脈が不思議に乱れて、それを女性特有の会話文体と考えることもできようが、心の乱れが、途切れ途切れの文章を放置して一文脈に取り押さえられない動態として描かれている、と見ることもできる。

かくあまたの人を賜《たま》ひて留《とど》めさせ給へど、許さぬ迎へまうで来て、取り率《ゐ》てまかりぬれば、口惜《くちを》しく悲しきこと。①宮仕へ仕《つか》うまつらずなりぬるも、②かくわづらはしき身にて侍《はべ》れば、③心得ず思《おぼ》しめされつらめども、④心強く承《うけたまは》らずなりにしこと。なめげなる者に思しめし留められぬるなむ、心にとまり侍りぬる。

「宮仕へ…」以下「……なりにしこと」まで、読点を打った四文の捉え方には諸説あって定見もないかに思われるが、句読点の打ち方が「①、②。③、④。」（岩波大系）、「①、②。③。④、」（小学館全集）、「①、②。③、④心強く、承らず…。」（新潮集成）、「①、②、③、④。」（本書）と四通りあり、内容の理解にも微妙な差異を生ずる。承接の関係を論理的に整理すれば、①、②、③、④の順になるが、倒叙や挿入句を交錯させた表現をどう見るかは、各自で考えてみる楽しみにまちたい。『竹取物語』には解釈を含めた表現の理解に、読者の積極的な参加を期待する意図も感じられるのである。

八　作者をめぐって

作者という概念は、当時と現代とではおよそ異なるものであったと思われる。現代と同じ、またはそれに近い作者の概念は、当時においては公的なものにほぼ限られたようである。女性は私的な世界に住む場合が多いから、紫式部のような女性でも、本名は不明である。女性で本名が知られるのは、公的な記録に載る場合で、従って身分的に高く、または職掌柄記載される場合に限られた。

物語はもともと公的な性格をもたず、またそこに発生や発展の理由が求められるわけであるから、従ってその物語を制作する作者の名まえが知られることは、原則的にありえないのである。物語の作者名を求めることは、その意味で無意味であるばかりでなく、物語の本性にもとるとする意見もある。

物語の作者名が問題となってくるのは、物語の社会的承認の度合、その地位の向上と不可分の関係にある。すなわち、物語が社会的承認を得た和歌と同等の評価を与えられる中世以降、しかも注釈や校合といった研究的対象と化する中で、急激に指摘され出した。

『竹取物語』については、南北朝期に四辻善成が著した『河海抄』（源氏物語の注釈書）が最古のものであり、そこには「不知作者、古物語也」とあるに過ぎないが、初めて作者に言及している。江戸時代に入って、小山伯鳳が『竹取物語抄』において「古人の伝説に源順《みなもとのしたごう》の所作といへり。まことにそれらの人ならでは、いかがと思はる」と記し、具体的に作者名を挙げているが、同じ抄の頭注で入江昌熹はこの説を否定している。『源氏物語』「絵合」の巻では、「絵は巨勢《こせ》の相覧《あふみ》、手は紀《き》の貫之《つらゆき》」と記しているが、「手」は作者の意ではなく、書写の意である。しかし、近代になって源順説は新たな根拠のもとに復活したが、再び別の観点から否定されてもいる。その他、僧正遍昭説、源融《みなもとのとおる》説などの個人名のほか、五人の貴族の取扱いから見て反天武天皇側すなわち天智天皇の皇子弘文天皇側の子孫か縁故者という理解もあり、斎部《いんべ》一族説、賀茂氏関係説、後宮文学説など一族集団の中に作者を想定する説は跡を絶たない。作品の成立も、厳密にはこの作者説と連動関係にあるわけだが、正確には不明とするほかない。

九　本文と底本

竹取物語の本文は、室町時代中期以前の書写とされる断簡十葉（伝後《ご》光《こう》厳《ごん》院《いん》宸《しん》筆《ぴつ》）を除き、安土桃山時代の天正二十（一五九二）年に書写された武藤元信旧蔵本（現天理図書館蔵）が完本として最も古いとされてきたが、近年、室町末期の元亀元年（一五七〇）に書写した里村紹巴自筆本も現れた。しかし、おおむね近世に書写され刊行された本文が大部分を占める。

その伝本は通常、流布本といわれる通行本系統と古本系統に大別されるが、通行本は本書に採用した古活字十行本をはじめ、各種の古活字本・整版本など、近世に刊行され流布した本をさし、古本は、賀茂別雷《かもわけいかずち》神社三手文庫蔵の元禄五（一六九二）年整版本に、今井《いまい》似閑《じかん》が「ある古本を以て一校せしめ畢《おはん》ぬ。互ニ見合セバ好本と成侍るべし　宝永四亥ノ八月　洛東隠士」と奥書に記した校合本の系統をさす。

従って、竹取物語でいう古本とは右にいう異本の一種であり、その名称から時代的な古さや正統性をさすものでは必ずしもない点に留意しなければならない。また前記した断簡の本文も、いわゆる古本や通行本とかなり相違して簡略であったり、誤字・誤脱を含んでいたりするのは、部分的なものとはいえ、書写年代の古さが本文の正統性の証明にはならないのである。

古本系統の完本としては『竹取物語の研究　本文篇』に翻刻された新井信之蔵の文化十二（一八二五）年奥書本があり、通行本に対して著しく異なる本文を伝えている。が、仔細に本文を検討すれば、合理的に改訂された箇所がかなり多い、といわれている。しかし、本文異同を原本性に対する遠近法で判断することは、必ずしも容易ではない。何となれば、その遠近を実測する基準がないからである。従って、たとえ改訂と目される本文であっても、そのように理会した読者・書写者がいたという見地から、その是非はむしろ享受史の問題として改めて考えなければならない。

本書で古本系の本文を採用する場合は、必ず理由を添えて示すようにしたが、長文の異同については、まず底本で読めるだけ読むという態度で臨んだ。例えば、「仏の御石の鉢」の段の、翁が貴公子たちに語る二重会話と判断される部分で、かぐや姫の言葉として「ことわりなり。いづれも劣《おと》り優《まさ》りおはしまさねば、御心ざしのほどは見ゆべし。仕うまつらむことは、それになむ定むべき」（本書一五ページ）とある中で「御心ざし」の上に古本は

「定めがたし。ゆかしく思ひ侍るものの侍るを見せ給はむに」の本文があり、確かにこの文を入れて解すると意味は通りやすくなり、古本を採用する注釈書も多いが、本書ではあえてこれを採らずに、すぐ上の翁の言葉に「よく思ひ定めて仕うまつれ」とあるので、その意を受けたものと見て解釈してみた。「よく思ひ定めて……」とは前段に翁と姫との対話があり、そこで交わされた内容をさす。すなわち「五人の中に、ゆかしき物を見せ給へらむに、御心ざし優りたりとて、仕うまつらむ」と、姫の希望する条件が示されているから、同じ文を繰返さない表現と解すればよいのである。

このように、本書では通行本をまず徹底的に読み解く方法を採ってみた。底本に採用した古活字十行甲本は、「竹取翁物語秘本申請興行之者也」と刊記があるだけで、年号は記さないが、慶長（一五九六～一六一五）の上木とされ、現存最古の完本である武藤本と比べて、さほど年代の差もなく、その本文的価値はさらにこれを上回るとさえいえるのではないか。近世流布本の祖として本文伝流史に占める位置の高さは、そのまま享受の内実を示すものといえよう。

なお、各伝本の性格や内容については、「研究文献目録」に掲げた、中田剛直著『竹取物語の研究 校異篇 解説篇』および久曽神昇編『竹取物語』について見られたい。

参考文献

一　関係資料

竹取物語の成立や後世への影響などを総合的に捉《とら》えようとするための、必要最小限の資料として、上代から鎌倉時代に至る諸文献を、一般に通読しやすい表記に整えて掲げた。

奈《な》具社《ぐのやしろ》

丹後《たにはのみちのしり》の国の風土記に曰《い》はく、丹後《たにはのみちのしり》の国丹波《たには》の郡《こほり》。郡家《こほりのみやけ》の西北《いぬゐ》の隅の方に比治《ひぢ》の里あり。この里の比治山の頂《いただき》に井あり。その名を真奈井《まなゐ》といふ。今はすでに沼となれり。この井に天女《あまつをとめ》 八人《やたり》降り来て水浴《みかはあ》みき。時に老夫婦《おきなとおみな》あり。その名を和奈佐《わなさ》の老夫《おきな》、和奈佐の老婦《おみな》といふ。この老等《おきなら》、この井に至りて、窃《ひそ》かに天女一人《あまつをとめひとり》の衣裳《きもの》を取り蔵《かく》しき。やがて衣裳ある者は皆天《あめ》に飛び上がりき。ただ、衣裳なき女娘《をとめ》一人留《とど》まりて、すなはち身《み》は水に隠して、独り懐愧《は》ぢ居りき。ここに、老夫《おきな》、天女に謂《い》ひけらく、「吾《あ》は児《こ》なし。請ふらくは、天女娘《あまつをとめ》、汝《いまし》、児と為《な》りませ」といひき、すなはち相副《たぐ》へて宅《いへ》に往《ゆ》き、すなはち相住むこと十余歳《とせあまり》なりき。ここに、天女、善く酒を醸《か》み為《つく》りき。一杯《つき》飲めば、よく万《よろづ》の病除《い》ゆ。その一杯の直《あたひ》の財《たから》は車に積みて送りき。時に、その家豊かに、土形《ひぢかた》富めりき。故《かれ》、土形《ひぢかた》の里といひき。此《こ》を中間《なかつよ》より今時《いま》に至りて、すなはち比治の里といふ。

後、老夫婦等《おきなおみなら》、天女に謂ひけらく、「汝《いまし》は吾が児にあらず。蹔《しまら》く仮《かり》に住めるのみ。早く出で去《ゆ》きね」といひき。ここに、天女、天《あめ》を仰ぎて哭慟《なげ》き、地《つち》に俯《うつぶ》して哀吟《かな》しみ、やがて老夫等《おきなら》に謂ひけらく、「妾《あ》は私意《わがこころ》から来つるにあらず。こは老夫等《おきな》が願へるなり。何ぞ猒《い》悪《と》ふ心を発《おこ》して、忽《たちまち》に出だし去《す》つる痛きことを存《おも》ふや」といひき。老夫《おきな》、ますます発瞋《いか》りて去《ゆ》かむことを願《もと》む。天女、涙を流して、微《すこ》しく門《かど》の外《と》に退《しりぞ》き、郷人《さとびと》に謂ひけらく、「久しく人間《ひとのよ》に沈みて天《あめ》に還ることを得ず。また、親故《したしきもの》もなく、居らむ由《すべ》を知らず。吾《あれ》、いかにせむ、いかにせむ」といひて、涙を拭《のご》ひて嗟嘆《なげ》き、天《あめ》を仰ぎて歌ひしく、

天の原ふりさけ見れば霞立ち
　家路まどひて行方知らずも

遂に退き去《ゆ》きて荒塩の村に至り、すなはち村人等《たち》に謂ひけらく、「老夫老婦《おきなおみな》の意《こころ》を思へ

ば、我が心、荒塩に異なることなし」といへり。よりて比治の里の荒塩の村といふ。また、丹波《たには》の里の哭木《なきき》の村に至り、槻《つき》の木に拠《よ》りて哭《な》きき。故《かれ》、哭木の村といふ。また、竹野《たかの》の郡《こほり》船木《ふなき》の里の奈具《なぐ》の村に至り、すなはち村人等に謂ひけらく、「ここにして、我が心なぐしくなりぬ。古言《ふること》に、平善《たひらけ》きをば、奈具志《なぐし》といふ」といひて、すなはちこの村に留まり居りき。こは、いはゆる竹野の郡の奈具の社《やしろ》に坐《いま》す豊宇賀能売命《とようかのめのみこと》なり。　（丹後国風土記逸文）

「奈具社」は古事記裏書・元々集巻七・塵袋《ちりぶくろ》第一福神などに採録された丹後国風土記の逸文。風土記は、和銅六（七一三）年、元明天皇の詔により、諸国で筆録編纂した地誌。地名の由来、古老の伝承など、物語の成立に深く関わる史料として重視される。現存竹取物語との直接的関係はないが、白鳥処女説話・貴種流離譚などの話型として関連をもつ。底本は『日本古典文学大系2』（岩波書店）

伊香小江《いかごのをうみ》

古老《ふるおきな》の伝へて曰《い》へらく、近江《あふみ》の国伊香《いかご》の郡《こほり》。与胡《よご》の郷《さと》。伊香の小江《をうみ》。郷《さと》の南にあり。天《あめ》の八女《やをとめ》、ともに白鳥《しらとり》と為《な》りて、天《あめ》より降《くだ》りて、江《うみ》の南の津《つ》に浴《かはあ》みき。時に、伊香刀美《いかとみ》、西の山にありて遥かに白鳥を見るに、その形奇異《あや》し。よりて若《も》しこれ神人《かみ》かと疑《おも》ひて、往きて見るに、実《まこと》にこれ神人なりき。ここに、伊香刀美、やがて感愛《めづるこころ》を生《おこ》してえ還り去らず。窃《ひそ》かに白き犬を遣《や》りて、天《あま》の羽衣《はごろも》を盗み取らしむるに、弟《いろと》の衣を得て隠しき。天女《あまつをとめ》、すなはち知《さと》りて、その兄七人《いろねななたり》は天上《あめ》に飛び昇るに、その弟《いろと》一人はえ飛び去らず。天路《あまぢ》永く塞《とざ》して、すなはち地民《くにつひと》と為《な》りき。天女の浴《かはあ》みし浦を、今、神の浦といふ、これなり。伊香刀美、天女の弟女《いろと》と共に室家《をひとめ》と為りて、此処《ここ》に居《す》み、つひに男女《をとこをんな》を生みき。男二人、女二人なり。兄の名は意美志留《をみしる》、弟《おと》の名は那志登美《なしとみ》、女《むすめ》は伊是理比咩《いぜりひめ》、次の名は奈是理比売《なぜりひめ》。こは伊香連《いかごのむらじ》等が先祖《とほつおや》、是なり。後に、母《いろは》、すなはち天の羽衣を捜《さが》し取り、着て天に昇りき。伊香刀美、独り空しき床を守りて、唫詠《ながめ》することやまざりき。（帝王編年記・養老七年）

「伊香小江」は帝王編年記の養老七（七二三）年条に記載。風土記の記事に近似するが、出典不記でその由来は不明ながら、典型的な羽衣説話。『帝王編年』記は古代から後伏見天皇に至る諸史書の記事の要点を編年体で記した二十七巻から成る歴史書。編者は僧永祐と伝える。底本は『日本古典文学大系2』（岩波書店

万葉集

昔、老翁《おきな》ありき。号《な》を竹取の翁と曰《い》ひき。此の翁、季春の月にして、丘に登り遠く望

むときに、忽《たちまち》に羹《あつもの》を煮《に》る九箇《ここのはしら》の女子《をとめ》に値《あ》ひき。百嬌儔《たぐひ》無く、花容止《やむこと》無し。時に、娘子等《をとめら》、老翁を呼び嗤《わら》ひて曰はく、「叔父《をぢ》来《きた》りて、此の燭《そく》の火を吹け」といふ。ここに翁、「唯々《をを》」と曰ひて、漸《やや》く趁《おもむ》き徐《やや》く行きて、座の上に着接《まじは》る。良久《ややひさ》にして娘子等、皆共に咲《ゑみ》を含み、相推譲《おしゆづ》りて曰はく、「阿誰《たれ》か此の翁を呼べる」といふ。爾乃《すなはち》竹取の翁、謝《こた》へて曰はく、「慮《おも》はざるに、偶《たまたま》神仙《ひじり》に逢へり。迷《ま》惑《と》へる心敢《あ》へて禁《さ》ふる所なし。近づき狎《な》れし罪は、希《ねが》はくは贖《あが》ふに歌をもちてせむ」といふ。すなはち作る歌一首短歌を幷せたり

緑子の　若子《わくご》が身には　たらちし　母に懐《うだ》かえ　褨襁《ひむつき》の　平生《はふこ》が身には　木綿《ゆふ》肩衣《かたきぬ》　純裏《ひつら》
に縫ひ着　頸着《くびつ》きの　童児《わらは》が身には　夾纈《ゆひはた》の　袖着衣《そでつけごろも》　着しわれを　にほひよる　子らが
同年輩《よち》には　蜷《みな》の腸《わた》　か黒《ぐろ》し髪を　ま櫛《くし》もち　ここにかき垂《た》り　取り束《つか》ね　挙げても纏《ま》き
み　解き乱り　童児《わらは》になしみ　さ丹《に》つかふ　色懐《なつか》しき　紫の　大綾《おほあや》の衣《きぬ》　住の江の　遠里
小野の　ま榛《はり》もち　にほしし衣《きぬ》に　高麗錦《こまにしき》　紐《ひも》に縫ひ着け　指《さ》さふ重《かさ》なふ　並み重ね着《き》
打麻《うつそ》やし　麻績《をみ》の児ら　あり衣の　宝の子らが　打栲《うちたへ》は　経《へ》て織る布　日曝《ひきらし》の　麻紵《あさてづくり》を
信巾《ひれ》裳《も》なす　愛《は》しきに取りしき　屋《いへ》に経《ふ》る　稲置《いなき》丁女《をみな》が　妻問ふと　われに遣《おこ》せし　をち
かたの　二綾《ふたあや》下沓《したくつ》　飛ぶ鳥の　飛鳥《あすか》壮士《をとこ》が　長雨《ながめ》禁《い》み　縫ひし黒沓《くろくつ》　さし穿《は》きて　庭に
彷徨《たたず》め　退《まか》り勿《な》立ちと　障《さ》ふる少女《をとめ》が　髣髴《ほの》聞きて　われに遣《おこ》せし　水縹《みはなだ》の　絹の帯を
引帯なす　韓帯《からおび》に取らし　海神《わたつみ》の　殿の蓋《いらか》に　飛び翔《かけ》る　蜾蠃《すがる》の如き　腰細に　取り飾《かざ》ら

ひ　真澄鏡《まそかがみ》　取り並《な》め懸けて　己が顔　還《かへ》らひ見つつ　春さりて　野辺を廻《めぐ》れば　おもしろみ　われを思へか　さ野つ鳥　来鳴き翔《かけ》らふ　秋さりて　山辺を行けば　懐しと　われを思へか　天雲も　行き棚引ける　還り立ち　路を来《く》れば　うち日さす　宮女《みやをみな》　さす竹の　舎人壮士《とねりをとこ》も　忍ぶらひ　かへらひ見つつ　誰《た》が子そとや　思はえてある　かくの如《ごと》　せられし故に　古《いにしへ》　さざきしわれや　愛《は》しきやし　今日やも子等に　不知《いさ》にとや　思はえてある　かくの如　せられし故に　古の　賢しき人も　後の世の　鑑《かがみ》にせむと　老人《おいびと》を　送りし車　持ち還り来《こ》し　持ち還り来し

反歌二首

死なばこそ相見ずあらめ生きてあらば白髪《しらかみ》子らに生《お》ひざらめやも
白髪し子らも生ひなばかくの如《ごと》若けむ子らに罵《の》らえかねめや

娘子《をとめ》らの和《こた》ふる歌九首

愛《は》しきやし翁《おきな》の歌に欝悒《おぼほ》しき九《ここの》の児《こ》らや感《かま》けて居らむ
辱《はぢ》を忍び辱を黙《もだ》して事も無くもの言はぬ先にわれは依りなむ
否《いな》も諾《を》も欲しきまにまに赦《ゆる》すべき貌《かたち》は見ゆやわれも依りなむ
死《しに》も生《いき》もおやじ心と結びてし友や違《たが》はむわれも依りなむ

何為《なにせ》むと違《たが》ひはをらむ否も諸も友の並み並みわれも依りなむ
豈《あに》もあらじ己《おの》が身のから人の子の言《こと》も尽くさじわれも依りなむ
はだ薄穂《すすき》にはな出でと思ひてある情《こころ》は知らゆわれも依りなむ
住の江の岸野の榛《はり》に染《にほ》ふれど染はぬわれやにほひて居らむ
春の野の下草靡《なび》きわれも依りにほひ依りなむ友のまにまに

『万葉集』に載る竹取翁歌は、巻十六「由縁《ゆえん》ある雑歌」の一つ。竹取物語との関係は不明だが、古い羽衣説話を舶載の神仙譚風に脚色した作品と見ることもできる。底本は『日本古典文学大系7』(岩波書店)

富士山の記

都《みやこの》 良香《よしか》

富士山は、駿河の国に在り。峰削《けづ》り成せるが如く、直《ただ》に聳《そび》えて天に属《つづ》く。其の高さ測《はか》るべからず。史籍《しせき》の記《しる》せる所を歴《あまね》く覧《み》るに、未だ此の山より高きは有らざるなり。其の聳ゆる峰欝《さかり》に起《おこ》り、見るに天際《てんさい》に在りて、海中を臨《のぞ》み瞰《み》る。其の霊基の盤連《ばんれん》する所を観るに、数千里の間に亙《わた》る。行旅《かうりよ》の人、数日を経歴して、乃《すなは》ち其の下《ふもと》を過ぐ。之《ここ》を去りて顧《かへり》み望めば、猶《なほ》し山の下《ふもと》に在り。蓋《けだ》し神仙の遊萃《いうすい》する所ならむ。承和年中に、山の峰より落ち来《きた》る珠玉あり、玉に小さき孔《あな》有りきと。蓋《けだ》し是れ仙簾《せんれん》の貫《つらぬ》ける珠ならむ。又貞観十七年十一月五日に、吏民旧《ふる》きに仍《よ》りて祭を致す。日午《ひる》に加へて天甚だ美《よ》く晴る。仰ぎて山の峰を観るに、白衣の美女二人有り、山の巓《いただき》の上に双《なら》び舞ふ。巓を去ること一尺余《ひとさかあまり》、土人《くにひと》共に見きと、古老《こらう》伝へて云ふ。

山を富士と名づくるは、郡《こほり》の名に取れるなり。山に神有り、浅間大神《あさまのおほかみ》と名づく。此の山の高きこと、雲表《うんぺう》を極めて、幾丈《いくつゑ》といふことを知らず。頂上に平地有り、広さ一許里《いちりばかり》。其の頂《いただき》の中央《なから》は窪み下りて、体《かたち》炊甑《すいそう》の如し。甑《こしき》の底に神《あや》しき池有り、池の中に大きなる石有り。石の体《かたち》驚奇《きやうき》なり、宛《あたか》も蹲虎《そんこ》の如し。亦《また》其の甑の中に、常に気有りて蒸《む》し出づ。其の色純《もは》らに青し。其の甑の底を窺《うかが》へば、湯の沸《わ》き騰《あが》るが如し。其の遠きに在りて望めば、常に煙火《えんくわ》を見る。亦《また》其の頂上に、池を匝《めぐ》りて竹生《お》ふ、青紺柔愞《せいこんじうぜん》なり。宿雪《しゆくせつ》春夏消えず。山の腰より以下《しもつかた》、小松生ふ。腹より以上《かみつかた》、復《また》生ふる木無し。白沙《はくさ》山を成せり。其の攀《よ》ぢ登る者《ひと》、腹の下に止《とど》まりて、上に達《いた》ることを得ず、白沙の流れ下るを以《も》ちてなり。相伝ふ、昔役《え》の居士《こじ》といふもの有りて、其の頂に登ることを得たりと。後に攀ぢ登る者、皆額《ひたひ》を腹の下に点《つ》く。大きなる泉有り、腹の下より出づ。遂に大河《だいか》を成せり。其の流《ながれ》寒暑水旱《かんしよすいかん》にも、盈《えい》縮《しゆく》有ること無し。山の東の脚《あし》の下《もと》に、小山有り。土俗《くにひと》これを新山《にひやま》と謂《い》ふ。本《もと》は平地なりき。延暦二十一年三月に、雲霧晦冥《くわいめい》、十日にして後に山を成せりと。蓋し神の造れるならむ。

（本朝文粋巻十二）

著者、都良香《みやこのよしか》(八三四~八七九)は、当代最高の学儒で文徳実録《もんとくじつろく》の編纂に携ったが、国史が捨象した日常細事への関心が深く、そこに文章の要諦を認めた方向から、伝承説話の筆録も生じた。「富士山記」は「道場法師伝」と共にその代表作。いずれも本《ほん》朝文粋《ちょうもんずい》(巻十二)所収。底本は『日本古典文学大系69』(岩波書店)

古今和歌集序

いにしへの代々《よよ》の帝、春の花の朝《あした》、秋の月の夜ごとに、さぶらふ人々を召して、ことにつけつつ歌を奉らしめ給ふ。あるは花をそふとて、たよりなき所に惑ひ、あるは月を思ふとて、しるべなき闇にたどれる心々を見給ひて、賢し愚かなりと知ろしめしけむ。しかあるのみにあらず、さざれ石にたとへ、筑波山にかけて君を願ひ、よろこび身に過ぎ、たのしび心にあまり、富士の煙《けぶり》によそへて人を恋ひ、松虫の音《ね》に友をしのび、高砂、住の江の松も相生ひのやうにおぼえ、男山の昔を思ひ出でて、女郎花《をみなへし》の一時をくねるにも、歌をいひてぞなぐさめける。……あるは呉竹のうきふしを人に言ひ、吉野川を引きて世の中を恨みきつるに、今は富士の山も煙たたずなり、長柄《ながら》の橋も造るなりと聞く人は、歌にのみぞ心を慰めける。

『古今和歌集』は、わが国最初の勅撰和歌集。その仮名序は撰者紀貫之の作とされる。序文の中で延喜五（九〇五）年四月十八日に奉られた旨を記すのは「今は富士の山も煙たたずなり」の記事の理解に資する。底本は『日本古典文学大系8』（岩波書店）

大和物語

これも、同じ皇女《みこ》（桂皇女《かつらのみこ》）に、同じ男（源嘉種《よしたね》）、

長き夜をあかしの浦に焼く塩の
けぶりは空に立ちやのぼらぬ

かくて、忍びつつ逢ひ給ひけるほどに、院（亭子院《ていじのいん》）に八月十五夜せられけるに、「参り給へ」とありければ、参り給ふに、院にては逢ふまじければ、「せめて今宵《こよひ》は、な参り給ひそ」と留《とど》めけり。されど、召しなりければ、え留まらで、急ぎ参り給ひければ、嘉種、

竹取《たかとり》がよに泣きつつとどめけむ
君は君にと今宵しもゆく　（七十七段）

『大和物語』は、通行本によれば和歌に関する一七三の小話を集成した歌物語。前後

二部から構成され、第一部では宇多法皇のサロンに関係した風流人や文人が失意を嘆き、別離を悲しむ話柄が多く、この段もその一。延喜九（九〇九）年の史実とされ、竹取物語を引用する最も古い文献と見られる。底本は『日本古典文学全集8』（小学館）

うつほ物語

（帝）「志むかしよりさらに譬《たと》ふるものなく多かれば、なほさて思ひてあれど、今はたなほさてのみはえあるまじきを、天下にかく急ぐ志の固くありとも、里にものし給はむに、はたえものせじを、ここにものし給はばなむよかるべき。やがてもさぶらひ給へと聞えむとすれど、さまざまに過ぐしがたきことなむ、この月にはある。十五夜にかならず御迎へをせむ。この調べを、かかることの違《たが》はぬほどに、かならず十五夜にと思ほしたれ。」尚侍《ないしのかみ》（俊蔭女）「それはかぐや姫こそさぶらふべかなれ。」上「ここには、珠の枝贈りてさぶらはむかし。」尚侍「子安貝は、近くさぶらはむかし。」（内侍の督）

『うつほ物語』は、わが国最初の長編物語。二十巻。作者は未詳、成立は天禄（九七〇～九七三）ごろから一条朝初期（一〇〇〇）ごろまで。竹取物語の求婚譚を踏まえて新たな構想を展開している。底本は『宇津保物語本文と索引　本文篇』（笠間書院）

源氏物語

はかなき古歌《ふるうた》、物語などやうのすさびごとにてこそ、つれづれをもまぎらはし、かかる住《すま》ひをも思ひ慰むるわざなめれ。（末摘花は）さやうのことにも心遅くものし給ふ。……古《ふ》りにたる御厨子《みづし》あけて、『唐守《からもり》』『藐姑射《はこや》の刀自《とじ》』『かぐや姫の物語』の絵に描《か》きたるをぞ、時々のまさぐりものにし給ふ。　（蓬生）

まづ、物語の出で来はじめの祖《おや》なる『竹取の翁』に『うつほの俊蔭』を合はせてあらそふ。（左方）「なよ竹の世々に古《ふ》りにけること、をかしき節もなけれど、かぐや姫のこの世の濁りにもけがれず、はるかに思ひのぼれる契り高く、神代《かみよ》のことなめれば、あさはかなる女、目及ばぬならむかし」と言ふ。右は、かぐや姫の昇りけむ雲居《くもゐ》はげに及ばぬことなれば、誰も知りがたし。この世の契りは、竹の中に結びければ、下《くだ》れる人のこととこそは見ゆめれ。一つ家《いへ》の内は照らしけめど、百敷《ももしき》のかしこき御光にはならばずなりにけり。阿部のおほしが千々《ちぢ》の黄金《こがね》を捨てて、火鼠《ひねずみ》の思ひ片時《かたとき》に消えたるも、いとあへなし。庫持《くらもち》の皇子の、まことの蓬莱《ほうらい》の深き心も知りながら、いつはりて珠の枝に疵《きず》をつけたるを過ちとなす。絵は巨勢《こせ》の相覧《あふみ》、手は紀《き》の貫之《つらゆき》書けり。紙屋紙《かんやがみ》に唐《から》の綺《き》を褙《はい》して、赤紫の表紙、紫《し》

檀《たん》の軸、世の常のよそひなり。（絵合）

（大夫監《たいふのげん》は）三十《みそぢ》ばかりなる男《をのこ》の、丈《たけ》高くものものしくふとりて、きたなげなけれど、思ひなしうとましく、荒らかなるふるまひなど、見るもゆゆしく覚ゆ。色あひ心地よげに、声いたう嗄《か》れてさへづりゐたり。懸想人《けさうびと》は、夜《よ》に隠れたるをこそ、よばひとは言ひけれ、さまかへたる春の夕暮なり。秋ならねども、あやしかりけりと見ゆ。（玉鬘）

夢のやうなる人を見奉るかなと、尼君は喜びて、（浮舟を）せめて起こしすゑつつ、御髪《みぐし》手づからけづり給ふ。さばかりあさましうひき結《ゆ》ひてうちやりたりつれど、いたうも乱れず、とき果《は》てたれば、つやつやとけうらなり。一年足《ひととせた》らぬつくも髪多かる所にて、目もあやに、いみじき天人の天下れるを見たらむやうに思ふも、あやふき心地すれど、（尼君）「などか、いと心憂《う》く、かばかりいみじく思ひきこゆるに、御心を隔てては見え給ふ。何処《いづく》に誰《たれ》と聞こえし人の、さる所《ところ》にはいかでおはせしぞ」と、せめて問ふを、いとはづかしと思ひて、（浮舟）「あやしかりしほどに、皆忘れたるにやあらむ、ありけむさまなどもさらに覚え侍らず。ただほのかに思ひ出づることとては、ただいかでこの世にあらじと思ひつつ、夕暮《ゆふぐれ》ごとに端近《はしちか》くてながめしほどに、前《まへ》近く大きなる木のありし下《した》より、人の出で来て、率《ゐ》て行《い》く心地なむせし。それよりほかのことは、われながら、誰《たれ》ともえ思ひ出でられ侍らず」と、いとらうたげに言ひなして、（浮舟）「世の中になほありけりと、いかで人に知られじ。聞きつくる人もあらば、いといみじくこそ」とて泣い給ふ。あまり問ふをば苦しと思《おぼ》したれば、え問はず。かぐや姫を見つけたりけむ竹取の翁よりも、めづらしき心地するに、いかなるものの隙《ひま》に消え失《う》せむとすらむと、静心《しづこころ》なくぞ思しける。（手習）

『源氏物語』は、紫式部作の長編物語。五十四巻。十一世紀初頭の成立。単なる辞句・話柄の影響ばかりでなく、竹取物語の本質に対する深い理解と評価が見られる。

底本は『日本古典文学全集2・3・6』（小学館）

栄花物語

今宵（八月十五夜）の月はめでたきものと言ひおきたれど、まことに明《あ》かきはいとありがたうのみありけるに、今宵の月ぞ、まことにかぐや姫の空に昇りけむその夜の月かくやと見えたる。風さへ涼しく吹きたるに、時々この御辺《あた》り近う赤雲の立ち出づるは、わが君（故尚侍嬉子《きし》）の御有様と見ゆるに、せむかたなく悲しかりける。上の御前《おまへ》（倫子《りんし》）は、御格子もおろさで、やがて端におはしまして、「かの岩蔭はいづ方ぞ」など、人に問はせ給ひて、そなたざまにながめさせ給ふに、赤き雲の見ゆれば、まづそれならむかしと、御衣《ぞ》

の袖のみならず、御身さへ流れさせ給ふ。　（楚王の夢）

『栄花物語』は、宇多・醍醐天皇の代から堀河天皇までの十五代、約二百年間を編年体で記した歴史物語。四十巻。正編三十巻は赤染衛門作で後一条時代の成立、続編十巻は出羽《いでわ》の弁《べん》作で堀河時代の成立という。「楚王の夢」は第二十六巻。底本は『日本古典文学大系76』（岩波書店）

浜松中納言物語

（吉野姫君）様よきほどに扇に紛はして、少しそばみ給へる、今日は常よりもひきつくろひ給へるに、いとど目も及ばずをかしげに、程のいとささやかにらうたげなるに、かかれる髪のかんざしよりして、言ふ限りなう清げにかをるばかりに、匂ひいみじううつくしげなるほど、「大江の皇子の娘の王女の、秋の月によそへられけむは、かうこそありけめ」と、たをたをとやはらかに、なまめかはしきもてなしなど、さまざまめでたしと見えつる御有様どもにも劣らず、いみじう目もおどろかれぬるを、「かれはめでたきもことわりに、人の御有様、もてかしづかれ給へるよりはじめて、おろかならむはまた口惜しかりなむかしと、思はるる方もあるぞかし。さばかりはげしき奥山の中より、いかでかかる人生ひ出

でけむ」と、竹の中より見つけたりけむかぐや姫よりも、これはなほ珍しうありがたき心地して……。（巻四）

『浜松中納言物語』は、平安時代後期に成立した中編物語。現存本は五巻だが、首部に一・二巻を欠く。菅原孝標《すがわらのたかすえ》の娘の作と伝えるが未詳。夢と転生をテーマに唐土にも舞台を広げた異色作。底本は『日本古典文学大系77』（岩波書店）

夜の寝覚

箏《しゃう》の琴人は、長押の上にすこし引き入りて、琴は弾きやみて、それによりかかりて、西にかたぶくままに曇りなき月を眺めたる、この居たる人々ををかしと見るにくらぶれば、むら雲の中より望月のさやかなる光を見つけたる心地するに、あさましく見驚き給ひぬ。「これこそは、行頼がほめつる三の君なめれ。長押の端なるは姉どもなめり。これこそ、その際《きは》のすぐれたるならめ。いかで目もあやにあらむ」とまもるに、「容貌《かたち》はやむごとなきにもよらぬわざぞかし。竹取の翁の家にこそ、かぐや姫はありけれ」と見るにも、このほどのさまは、なほめづらかなり。（巻一）

『夜の寝覚』は、平安時代後期に成立した中編物語。三巻または五巻。中間と末尾に欠巻がある。菅原孝標の娘の作と伝えるが未詳。女性を主人公としてその多面性を追求した。底本は『日本古典文学全集19』(小学館)

狭衣物語

世とともにもの嘆かしげなる気色こそ、心得られね。何事のさはあるべき。いみじからむかぐや姫なりとも、そこ(狭衣)の思はむことは避《さ》るべきやうなし。仲澄の侍従の真似するなめり。人もさぞ言ふなる。(巻一)

(宮の中将)「姨捨《をばすて》ならぬ月の光は、ありがたげなる御心にこそ侍めれど、隔てなくだに承りなばしも、竹の中にも尋ね侍りなまし。言ふとも人に」など恨むる様も人よりはをかしきをや、よそへられ給ひけむ。「妹の姫君もかやうにや」と思ひやられて、(狭衣)「いみじう事あり顔に言ひなし給ふものかな。この御心得給ふさまにはあらで、……身にそふ影より外に、言問ふ人もなきを、その竹の中も、御心にはまかせ給ひつらむものを。昔より、人よりはこよなく頼み聞えたるかひなくのみ言ひなし給ふこそ、まめやかに心憂けれ」と恨み給ふ気色も、心得たれど、(中将)「いでや、めでたきにつけても、思し数まへし果ては、いかなるもの思ひの種とかならむ」と思ふが、口惜しかりけり。……（狭衣）「まめやかには、昔より頼み聞えたるを、見知り給はぬさまこそ心憂けれ。竹の中にも尋ねて、世にしばしかけとどめ給へ」と恨み給へば、（中将）「いで、その翁も、この有様にては、無《む》益《やく》にこそ侍らめ」など言ふほどに、さるべき人々あまた参り給へれば、ものむつかしき紛らはしごとにて、詩《ふみ》作りなどして、夜もすがら遊び明かし給ひけり。

二、三日ありて、この中将のもとに、（狭衣）「うちつけなるやうに覚え侍れど、かの聞えし竹取の翁、なほ語らひ給ひてむや。野辺の小萩も、さていかが。頼み聞えてなむ。このさかしらせさせ給へ」とて、中に、

一方《ひとかた》に思ひ乱るる野のよしを
風のたよりにほのめかしきや

とある返事に、やがて、中将の、「竹取にほのめかし侍りしかど、いとありがたく。げにこそ扇も散らし侍りしか。

吹きまよふ風のけしきも知らぬかな
萩の下なる蔭の小草は

と思ひたる気色も口惜しう見え侍りし。これも一つ方につつみ侍りつるにや、とぞ見給ふる」などあるを……。　（巻三）

『狭衣物語』は、平安時代後期に成立した中編物語。四巻。主人公狭衣大将と源氏の宮との悲恋を中心に、ままならぬ愛を描く。作者は、六条斎院家の宣旨といわれる。底本は『日本古典文学大系79』(岩波書店)

大鏡

また、さぶらひける女房を召し使ひ給ひけるほどに、おのづから生《む》れ給へりける女君、かぐや姫とぞ申しける。……この女君を、小野宮の寝殿の東面《おもて》に帳《ちゃう》立てて、いみじうかしづき据ゑたてまつり給ふめり。いかなる人か御婿となり給はむとすらむ。

(太政大臣実頼伝)

『大鏡』は、文徳天皇から後一条天皇までの約百七十六年間を紀伝体で記した歴史物語。序・帝紀・列伝・藤原氏の物語・昔物語の五部から成る。作者は未詳だが、藤原摂関政に対立する院政がたの男性知識人か。成立は十一世紀後半か。底本は『日本古典文学大系21』(岩波書店)

今昔物語集

竹取の翁、見つけし女の児《ちご》を養へる語《こと》

今は昔、□天皇の御代に、一人の翁ありけり。竹を取りて籠《こ》を造りて、要する人に与へて、その功《く》を取りて、世を渡りけるに、翁、籠を造らむがために、篁《たかむら》に行き、竹を切りけるに、篁の中に一の光あり。その竹の節の中に、三寸ばかりなる人あり。翁、これを見て思はく、「われ年ごろ竹取りつるに、今かかる物を見つけたること」を喜びて、片手にはその小さき人を取り、いま片へに竹を荷《にな》ひて家に帰りて、妻《め》の嫗《おうな》に、「篁の中にして、かかる女の児をこそ見つけたれ」と言ひければ、嫗も喜びて、初めは籠に入れて養ひけるに、三月《みつき》ばかり養はるる、例の人になりぬ。その児、漸く長大するままに、世に並びなく端《たん》正《じやう》にして、この世の人とも覚えざりければ、翁・嫗いよいよこれをかなしび愛して傅《かしづ》きける間に、この事、世に聞え高くなりにけり。

しかる間、翁、また竹を取らむがために、篁に行きぬ。竹を取るに、その度は、竹の中に黄金《こがね》を見つけたり。翁、これを取りて家に帰りぬ。しかれば、翁たちまちに豊かになりぬ。居所《きよしよ》に宮殿《くうでん》・楼閣《ろうかく》を造りて、それに住み、種々《くさぐさ》の財《たから》、庫倉《くら》に充ち満てり。眷属《くゑんぞく》あまたになりぬ。また、この児を儲《まう》けてより後は、事に触れて思ふ様《やう》なり。しかれば、いよいよ

愛し傅くこと限りなし。

しかる間、その時の諸《もろもろ》の上達部・殿上人、消息を遣《や》りて懸想《けさう》しけるに、女、さらに聞かざりければ、皆、心を尽して言はせけるに、女、初めには、「空に鳴る雷《いかづち》を捕へて持て来《きた》れ。その時に逢はむ」と言ひけり。次には、「優曇華《うどんぐゑ》といふ花ありけり。それを取りて持て来れ。しからむ時に逢はむ」と言ひけり。後には、「打たぬに鳴る鼓《つづみ》といふ物あり。それを取りて得させたらむ折に、自ら聞えむ」など言ひて、逢はざりければ、懸想する人々、女の容貌《かたち》の世に似ずめでたかりけるに耽《たし》びて、ただかく言ふに随ひて、たへがたきことなれども、旧《ふる》く物知りたる人に、これらを求むべき事を問ひ聞きて、或いは家を出でて海の辺《ほとり》に行き、或いは世を捨てて山の中に入り、かく様《やう》にして求めける程に、或いは命を亡ぼし、或いは帰り来らぬ輩《ともがら》もありけり。

しかる間、天皇、この女の有様を聞しめして、「この女、世に並びなくめでたしと聞く。われ行きて見て、実《まこと》に端正《たんじやう》の姿ならば、すみやかに后とせむ」と思して、たちまちに大臣・百官を引き率《ゐ》て、かの翁の家に行幸《みゆき》ありけり。

すでにおはしまし着きたるに、家の有様微妙《みめう》なること、王の宮に異ならず。女を召し出づるに、即ち参れり。天皇これを見給ふに、実《まこと》に世に譬《たと》ふべきものなくめでたかりければ、「これは、わが后とならむとて、人には近づかざりけるなめり」と、嬉《うれ》しく思しめして、「やがて具して宮に帰りて、后に立てむ」と宣ふに、女の申さく、「われ、后とならむに限りなき喜びなりといへども、実には、おのれ、人にはあらぬ身にて候ふなり」と。天皇の宣はく、「汝、さはいかなる者ぞ。鬼か、神か」と。女のいはく、「おのれ、鬼にもあらず、神にもあらず。ただし、おのれをば、ただ今空より人来りて迎ふべきなり。天皇速《すみや》かに帰らせ給ひね」と。

天皇、これを聞き給ひて、「こはいかに言ふ事にかあらむ。ただ今空より人来りて迎ふべきにあらず。これは、ただわが言ふ事を辞《いな》びむとて言ふなめり」と思し給ひけるほどに、しばしばかりありて、空より多くの人来りて、輿《みこし》を持て来りて、この女を乗せて、空に昇りにけり。その迎へに来れる人の姿、この世の人に似ざりけり。

その時に、天皇、「実にこの女はただ人にはなき者にこそありけれ」と思して、宮に帰り給ひにけり。その後は、天皇、かの女を見給ひけるに、実に世に似ず容貌《かたち》・有様めでたかりければ、常に思し出でて、わりなく思しけれども、さらに甲斐なくて止みにけり。

その女、遂にいかなる者と知ることなし。また、翁の子になれることも、いかなる事にかありけむ。すべて心得ぬことなりとなむ、世の人思ひける。かかる希有《けう》の事なれば、かく語り伝へたるとや。　（巻三十一・第三十三）

『今昔物語集』は、わが国最大の説話集。三十一巻（うち巻八・十八・二十一は欠）。天竺《てんじく》（インド）震旦《しんたん》（中国）・本朝（日本）の仏教・世俗説話一千余を収録。編者は、僧ま

たは僧俗集団説が有力。十二世紀前半の成立。底本は『日本古典文学大系26』(岩波書店)

袖中抄《しうちゆうせう》

一、余呉《よご》の海

よごのうみに来つつなれけむ乙女子《をとめご》が
天の羽衣ほしつらむやぞ

顕昭云ふ、これは曾丹《そたん》三百六十首の中に、七月上旬の歌なり。歌の心は、昔、近江《あふみ》国余呉の海に、織女降りて水浴《あ》み給ひけるに、そこなりける男、行き合ひて、脱ぎおきける天の羽衣を取りたりければ、織女え帰り昇り給はで、やがてその男の妻になりて居にけり。子ども生みつづけて年来《としごろ》になれども、もとの天上へ昇らむの志失《う》せずして、常には哭《ね》をのみ泣きて、明かし暮らしけるに、この男の物へまかりけるあひだに、この生みたる子の、ものの心知るほどになりたりけるが、「何事に母はかく泣き給ふぞ」と言ひければ、しかじかのこと、初めより言ひければ、この子、父の隠し置きたりける天の羽衣を取り出だしたりければ、母喜びて、それ着て飛び上がりにけり。昇りける時に、この契りけることは、「われはかかる身にてあれば、おぼろけにては会ふまじ。七月七日ごとに降りて、この海の水を浴ぶべし。その日にならば、相待つべし」とて、母子、共に別れの涙をなむ流しけるぞあはれなる。さて、その子孫は今までありとなむ申し伝へたる。或《ある》人の申ししは、「河内《かはち》国天の川にこそさることはありけれ。織女《たなばた》の子孫、今に河内にあり」と申ししかども、曽丹が詠めるは、中比《なかごろ》の人、確かに申しける事にこそ。疑ふべからず。近江にも河内にも共にありける事なるべし。（第十六）

『袖中抄』は、万葉集から堀河百首に至る歌語約三百について論じた歌学書。著者は、六条藤家の顕昭《けんしよう》。六条家歌学を集成発展させた代表的著作。守覚法親王に奉った。文治二（一一八六）年頃の成立。底本は『日本歌学大系 別巻二』（風間書房）

海道記

昔、採竹翁《たけとりのおきな》といふ者ありけり。女《むすめ》を赫奕姫《かくやひめ》といふ。翁が宅《いへ》の竹林に、鶯の卵、女の形にかへりて巣の中にあり。翁、養ひて子とせり。長《ひとと》なりて好《かほよ》きこと比《たぐひ》なし。光ありて傍を照らす。嬋娟《せんけん》たる両鬢《りやうびん》は秋の蟬《せみ》の翼、宛転《ゑんてん》たる双蛾《さうが》は遠き山の色、一たび咲《ゑ》めば百《もも》の媚《こび》生《な》る。見聞《けんもん》の人はみな腸《はらわた》を断つ。この姫は、先生《せんしやう》に人として翁に養はれたりけるが、天上に生れて後、宿世の恩を報ぜむとて、暫《しばら》くこの翁が竹に化生《けしやう》せるなり。憐むべし、父子の契《ちぎり》の他《た》生《しやう》にも変ぜざることを。これよりして青竹の節《よ》の中に黄金出来《しゆつらい》して、貧翁忽《たちまち》に富人となりにけり。

その間の英華の家、好色の道、月卿光を争ひ、雲客色を重ねて、艶言をつくし、懇懐をぬきんづ。常に赫奕姫が室屋に来会して、絃を調べ、歌を詠じて遊びあひたりけり。されども、翁姫、難詞を結びて、依《よ》り解《と》くる心なし。時の帝《みかど》、この由《よし》を聞しめして、召しけれども、参らざりければ、帝、御狩の遊びのよしにて、鶯姫が竹亭に幸《みゆき》し給ひて、鴛《をし》の契を結び、松の齢《よはひ》を引き給ふ。翁姫、思ふところありて後日を契り申しければ、帝、空しく帰り給ひぬ。

諸《もろもろ》の天これを知りて、玉の枕、金《こがね》の釵《かんざし》、いまだ手なれざるさきに、飛車を下して迎へて天に上《あが》りぬ。関城のかためも雲路に益なく、猛士が力も飛行には由なし。時に秋の半《なかば》、月の光陰《くも》りなき比《ころ》、夜半の気色《けしき》、風の音信《おとづれ》、物を思はぬ人も物を思ふべし。君の思ひ、臣の懐《おも》ひ、涙同じく袖《そで》をうるほす。かの雲を繋《つな》ぐに繋がれず、雲の色惨々《さんさん》として、暮《くれ》の思ひ深し。風を追へども追はれず、風の声札々《さつさつ》として、夜の恨み長し。華氏は奈《な》木《ぼく》の孫枝なり、薬の君子として万人の病を癒《いや》す。鶯姫は竹林の子葉なり、毒の化女《けじょ》として一人《いちじん》の心を悩ます。方士が大真院を尋ねし貴妃の私語《ささめごと》、再び唐帝の思ひに還《かへ》る。使臣が富士の峰に登る、仙女の別れの書《ふみ》、永く和君の情を焦せり。

翁姫、天に昇りける時、帝の御契さすがに覚えて、不死の薬に歌を書きて、具して留《とど》めおきたり。その歌にいふ、

今はとて天の羽衣きる時ぞ
　君をあはれと思ひいでぬる

帝、これを御覧じて、忘れ形見は見るも恨めしとて、怨恋《えんれん》に堪《た》へず、青鳥《せいてう》を飛ばして雁札《がんさつ》を書きそへて、薬を返し給へり。その返歌にいふ、

逢《あ》ふことの涙にうかぶわが身には
　死なぬ薬もなにかはせむ

使節、智計を廻《めぐら》して、天に近き所はこの山に如《し》かじとて、富士の山に登りて焼き上げければ、薬も書も、煙にむすぼほれて空にあがりけり。これより、この嶺《みね》に恋の煙を立てたり。仍《よつ》てこの山をば不死の峰といへり。しかれども郡《こほり》の名につきて富士と書くにや。

『海道記』は、貞応二（一二二三）年四月に京を出発し鎌倉に到る、滞在期間の印象も織りまぜて綴った紀行文。著者は、鴨長明とも源光行ともいうが不明。底本は、江口正弘『海道記の研究 本文編 研究編』（笠間書房）

風葉和歌集

天の迎へありて昇り侍りけるに、帝に不死の薬奉るとて

竹取のかぐや姫

今はとて天の羽衣きるをりぞ君をあはれと思ひ出でける

御かへし

逢《あ》ふことの涙にうかぶわが身には死なぬ薬もなににかはせむ

とて、不死の薬も、この御歌に具して、空近きを選びて、富士の山にて焼かせさせ給へりけるとなむ。（巻八・離別）

かぐや姫

石上の中納言、つばくらめの子安貝取り侍らで、かぎりになりぬと聞きて、とぶらひに遣はすとて

年を経て波立ち寄らぬ住の江のまつかひなしと聞くはまことか（巻十八・雑三）

『風葉和歌集』は、平安時代から鎌倉時代までの作り物語中の和歌約千五百首を集めた歌集。撰者は藤原為家か。底本は『新編国歌大観5』（角川書店）

古今和歌集序聞書三流抄

富士の煙によそへて人を恋ふといふ事、大方、恋は身を焦がす故に煙にたとへていふ。しかれども、今、富士の煙とは、殊に恋より立つによりて、ここにあぐるなり。日本紀にいふ、天武天皇の御時、駿河国に作竹翁といふ者あり。竹をそだてて売る人なり。ある時、竹の中に行きて見れば、鶯の卵子《かひこ》あまたあり。その中に金色の子あり。不思議に思ひて、取りて帰りて家に置く。行きて七日を経て家に帰るに、家光りて見ゆ。行きて見れば美女あり。かの女光を放つ。「何人ぞ」と問ふに、答へていはく、「吾は鶯のかひこなり」と言ふ。翁、わが娘とす。赫奕《かくや》姫《ひめ》と名づく。駿河国司金樹宰相、この由を帝に奏す。帝、かの女を召して御覧ずるに、実に厳《うつく》しき顔なり。やがて思ひ給ひて愛し給ふこと、后の如し。三年を経て、かの女、王に申さく、「吾は天女なり。君、昔契《ちぎり》ありて、今下界に下る。今は縁すでに尽きたり」とて、鏡を形見に奉りて失《う》せぬ。王、この鏡を抱きて寝給ふ。胸に焦がるる思ひ、火となりて鏡につきて、わきかへりわきかへりすべて消えず。公卿僉議《くぎやうせんぎ》して、土の箱を造りて、その中に入れて、本《もと》の所なればとて、駿河国に送り置く。なほ燃えやまざりければ、人恐れて富士の頂《いただき》に置きぬ。煙絶えず。これによりて、富士の煙を恋に詠むなり。

朱雀院の御時、富士の煙の中に声ありて、

山は富士煙も不尽《ふじ》の煙《けぶり》にて

知らずはいかにあやしからまし

「これは何人ぞ」と問ひたりければ、「赫奕姫」と答ふと言へり。

『古今和歌集序聞書三流抄』は、中世に広く行われた古今集序の注釈書のうち、言辞の由来・本源を問う態度に特色のある一類を、その書き出しに「古今に三の流あり」とあることから、片桐洋一氏によって命名された書。個々の書名は区々である。成立年代は弘安（一二七八〜八八）の末年ごろで、著者は藤原為家の子為顕の弟子たちかという。底本は、片桐洋一『中世古今集注釈書解題二』（赤尾照文堂）

古今和歌集大江広貞注

むかし、竹取翁といふ者ありけり。竹の中に鶯の巣をくひて、子を生めりけるが、いかにかはしたりけむ、この親の鶯死ににけり。あはれがりて、この卵子《かひこ》を翁取りて温めけるほどに、みな鳥になりてあり。なかに一つの卵子の中より、眉目《みめ》美しき女子出でたり。これを不思議がり、うつくしみてはぐくみけるほどに、やや大人びければ、この世に例《ためし》少なきほどの眉目容貌《みめかたち》なり。さるほどに、上《かみ》十善の天皇より、下《しも》百官の寮《つかさ》の臣下にいたるまで、これを聞き及びて心を尽さずといふことなし。時の帝《みかど》より、参らすべきよし、度々御気色《みけしき》ありけれども、この翁が思はく、「いみじき帝と申すとも、なほ下界の王なんどは、婿《むこ》に取らじ」と思ひて、帝釈《たいしゃく》にたてまつらむの志深くて、空へこの女を率《ゐ》て昇りにけり。さて、その名残りを悲しみ給ひて、思しめし余ることを書き集めて、空へ焼き上げらるべきよし仰せ言ありて、かの富士の山は、高き山の聞えあればとて、かの富士の山にて、この書《ふみ》を焼かれけり。その煙《けぶり》は絶えで、天をさして上る。それよりこの方、富士には煙立ちけり。

『古今和歌集大江広貞注』は、藤原為家の古今集注釈を中核に据え、それに雑説を加えて成った冷泉家流の注釈書。成立年代は未詳だが、永仁五（一二九七）年以降とされる。著者広貞は為相の弟子かというが不明。底本は、片桐洋一『中世古今集注釈書解題一』（赤尾照文堂）

曾我物語

咹《あ》の富士の巓《たけ》の煙を恋路の煙と申し候ふ由緒は、昔富士の郡に老人の夫婦ありけるが、一人の孝子もなくして老い行く末を歎きける程に、後苑《こうゑん》の竹の中に七つ八つばかりと打見えたる女子《をんなご》一人出《い》で来《きた》れり。…かの少《をさな》き者、名をば赫屋姫《かくや》とぞ申しける。家主ノ翁《おきな》をば管《つつ》竹《だけ》の翁と号《がう》して…これに依て娘の赫屋姫と国司と夫婦の契《ちぎり》有て、国務政道を管竹の翁が心に任せてけり。…その後、中《なか》五年有て、赫屋姫国司に合ひて語りけるは、『今は暇《いとま》申して、自《みづから》は富士の山の仙宮へ返《かへ》らむ。我はこれもとより仙女なり。…自《おのづか》ら恋しく思《おぼ》し食《め》されん時は、この筥《はこ》を取りつつ常に開て見給ふべし』とて、その夜の暁方には昇消《かきけ》すやうに失せにけり。…件《くだん》の筥の蓋《ふた》を開て見ければ、移る形も、来る事は遅くして、返る形は早ければ、なかなか肝《きも》を迷はす怨《あた》となれり。…かの返魂香《はんごんかう》の筥をば腋《わき》に挟《はさ》みつつ、富士の禅定《ぜんぢやう》に至て四方を見亘《わた》せば、山の頂に大なる池あり。…その池に身を投げて失《う》せにけり。その筥の内なる返魂香の煙こそ絶えずして今の世までも候ふなれ。世の人この返魂香の煙をば富士の煙とは申し伝へて候ふなれ。（巻第七）

『曾我物語』は鎌倉末期成立と目される軍記物語。史実として『吾妻鏡』に載る建久四（一一九三）年五月二八日の曾我兄弟の仇討ちを扱ったもの。仮名本と真名本があり、構想その他に違いがあるが、基本的プロットは同じ。作者は特定されない。底本は『東洋文庫　真名本　曾我物語』（平凡社）

二　研究文献目録抄

本文（影印・複製・翻刻）

竹取物語の研究　本文篇　新井信之
（国書出版　昭19）
古本（新井本）・田中大秀旧蔵本・島原侯旧蔵本・蓬左文庫本・大覚寺本・古活字十行本・正保三年刊本・前田善子氏蔵本・武田祐吉博士蔵本・戸川浜男氏蔵本の翻刻と解題

竹取翁物語（古典文庫）　吉田幸一
（古典文庫　昭24）
武藤本・久曽神本の翻刻と解題

竹取物語（原典シリーズ）　片桐洋一
（新典社　昭47）
高松宮家本の複製と解題

竹取物語〈古写本三種〉（古典文庫）　吉田幸一
（古典文庫　昭48）
内閣文庫本・吉田本・高松宮家本の影印と解説

竹取物語（古典研究会叢書）　久曽神昇
（汲古書院　昭49）
伝後光厳院宸筆断簡二葉・志香須賀文庫本（二種）・山岸本・宮内庁書陵部本の影印と解題

竹取物語（複刻日本古典文学館）　大曽根章介
（日本古典文学館　昭49）
蓬左文庫本の複製と解題

竹取翁物語（版本文庫）　片桐洋一
（国書刊行会　昭49）
慶長古活字十行本の複製と解題

竹取物語（天理図書館善本叢書）　阪倉篤義
（天理大学出版部　昭51）
武藤本の影印と解題

竹取物語（在九州国文資料影印叢書）　中島あや子

(在九州国文資料影印叢書刊行会　昭54)
九州大学附属図書館支子文庫本の影印と解題

紹巴本竹取物語　原寸影印
秋山虔・室伏信助、王朝物語史研究会
(勉誠出版　平20)
元亀元年奥書の里村紹巴自筆本の影印と解題

校異・索引

校本竹とりの翁物語　藤枝徳三
(国語国文　昭11・5)
底本は群書類従版本、七種の写本・刊本との校異を示す。

校異古本竹取物語　南波浩
(ミネルヴァ書房　昭28)
底本は新井本、古本系・流布本系二十三本との校異を示す。

竹取物語総索引　塚原鉄雄
(三色菫の会　昭28)
底本は沢瀉久孝編『竹取物語』(白楊社　昭23)

竹取物語総索引　山田忠雄
(武蔵野書院　昭32)
底本は古活字十行本。

竹取物語の研究 校異篇・解説篇　中田剛直
(塙書房　昭40)
底本は古活字十行甲本、古本系・流布本系四十六種との校異を示す。解説篇は両系本の概説と諸本解説、両系本の原型追究。付録は語彙・事項の総索引。

九本対照竹取翁物語語彙索引 本文篇・索引篇 二冊　上坂信男
(笠間書院　昭55)
底本は天正本、全文対照方式で他本も示す。

竹取物語本文集成　王朝物語史研究会
(勉誠出版　平20)
古活字十行本を中心に、新井本など十五本を、原典表記のまま通行字体に改め、並記の形で列挙し、本文異同が直視できるよう作成した新形式の本文集成。新資料の紹巴本(影印欄参照)も収録。

注釈書

竹取物語抄　小山儀　入江昌熹　天明4（国文註釈全書・日本文学古註釈大成）
竹取物語伊左々米言　狛毛呂成　寛政5（未刊国文古註釈大系・日本文学古註釈大成）
竹取翁物語解　田中大秀　天保2（国文註釈全書・国文学註釈叢書他）
竹取物語抄補註　田中躬之　天保11（未刊国文古註釈大系・日本文学古註釈大成）
竹取物語考　加納諸平　天保末（国文学註釈叢書・日本文学古註釈大成）
校註竹取物語　武田祐吉（明治書院　昭5、改修版　昭23）
竹取物語新釈　高崎正秀（正文館書店　昭5、高崎正秀著作集第八巻　昭46）
竹取物語の鑑賞　三谷栄一（興文閣　昭14）
竹取物語評解　三谷栄一（有精堂　昭23、改訂版　昭34）
竹取物語全釈　市古貞次（紫乃故郷社　昭24）
竹取物語精解　島津久基（技報堂　昭24）
竹取物語新解　武田祐吉（明治書院　昭25）
竹取物語（新註国文学叢書）　高橋貞一（講談社　昭26）
昭和校註竹取物語　山田孝雄　山田忠雄　山田俊雄（武蔵野書院　昭28）
詳解竹取物語　岸上慎二　伊奈恒一（東宝書房　昭32）
竹取物語（日本古典文学大系）　阪倉篤義（岩波書店　昭32）

竹取物語（日本古典鑑賞講座）　三谷栄一
（角川書店　昭33）
竹取物語評釈　岡　一男
（東京堂　昭33）
竹取物語（日本古典全書）　南波　浩
（朝日新聞社　昭35）
評註竹取物語全釈　松尾　聰
（武蔵野書院　昭36）
竹取物語（校注古典叢書）　三谷栄一
（明治書院　昭43）
竹取物語（日本古典文学全集）　片桐洋一
（小学館　昭47）
竹取物語（鑑賞日本古典文学）　三谷栄一
（角川書店　昭50）
竹取物語（講談社学術文庫）　上坂信男
（講談社　昭53）
竹取物語（新潮日本古典集成）　野口元大
（新潮社　昭54）
竹取物語（鑑賞日本の古典）　藤岡忠美
（尚学図書　昭56）
竹取物語（全対訳日本古典新書）　室伏信助
（創英社　昭59）
竹取物語（対訳古典シリーズ）　雨海博洋
（旺文社　昭63）
竹取物語全評釈　古注釈篇　上坂信男
（右文書院　平2）
竹取物語（新日本古典文学大系）　堀内秀晃
（岩波書店　平9）
竹取物語全評釈　本文評釈篇　上坂信男
（右文書院　平11）

和歌各句索引

一　漢数字は頁数を示す。
一　ゴシックの句は初句である。

重要語彙索引

一　語彙は全語彙ではなく、適宜取捨したものである。
一　歴史的仮名遣いにより、五十音順に配列した。
一　活用語は原則として終止形で掲げた。
一　語頭の「御」は原則として省いた形で掲げた。ただし、「御衣」「御覧ず」「御官爵」「御狩」「御屋」「御頭」「御使」は御を付した形で掲げた。
一　漢数字は頁数であり、同じ頁に複数回出現する場合には、その下に算用数字で回数を示した。
一　漢語は原則として漢音で読んだ。

新版《しんぱん》

竹《たけ》取《とり》物《もの》語《がたり》

現代《げんだい》語《ご》訳《やく》付《つ》き

室《むろ》伏《ふし》信《しん》助《すけ》＝訳注

平成13年 3月25日　初版発行
平成28年 4月20日　16版発行

発行者●郡司 聡

発行●株式会社KADOKAWA
〒102-8177　東京都千代田区富士見2-13-3
電話 03-3238-8521（カスタマーサポート）
http://www.kadokawa.co.jp/

角川文庫 11912

印刷所●旭印刷株式会社　製本所●本間製本株式会社

表紙画●和田三造

ISBN978-4-04-356801-7　C0193

角川文庫発刊に際して

角川源義

第二次世界大戦の敗北は、軍事力の敗北であった以上に、私たちの若い文化力の敗退であった。私たちの文化が戦争に対して如何に無力であり、単なるあだ花に過ぎなかったかを、私たちは身を以て体験し痛感した。西洋近代文化の摂取にとって、明治以後八十年の歳月は決して短かすぎたとは言えない。にもかかわらず、近代文化の伝統を確立し、自由な批判と柔軟な良識に富む文化層として自らを形成することに私たちは失敗して来た。そしてこれは、各層への文化の普及滲透を任務とする出版人の責任でもあった。

一九四五年以来、私たちは再び振出しに戻り、第一歩から踏み出すことを余儀なくされた。これは大きな不幸ではあるが、反面、これまでの混沌・未熟・歪曲の中にあった我が国の文化に秩序と確たる基礎を齎らすためには絶好の機会でもある。角川書店は、このような祖国の文化的危機にあたり、微力をも顧みず再建の礎石たるべき抱負と決意とをもって出発したが、ここに創立以来の念願を果すべく角川文庫を発刊する。これまで刊行されたあらゆる全集叢書文庫類の長所と短所とを検討し、古今東西の不朽の典籍を、良心的編集のもとに、廉価に、そして書架にふさわしい美本として、多くのひとびとに提供しようとする。しかし私たちは徒らに百科全書的な知識のジレッタントを作ることを目的とせず、あくまで祖国の文化に秩序と再建への道を示し、この文庫を角川書店の栄ある事業として、今後永久に継続発展せしめ、学芸と教養との殿堂として大成せんことを期したい。多くの読書子の愛情ある忠言と支持とによって、この希望と抱負とを完遂せしめられんことを願う。

一九四九年五月三日